JN074850

織田信長（吉報師）
濃姫
お市

豊臣秀吉（木下藤吉郎）
徳川家康（竹千代）
ねね
明智光秀

上巻

縄文を創った男たち

～信長、秀吉、そして家康～

作・さくやみなみ

イラスト・みづ

目次

プロローグ

私はさくや、私は今アリウス星雲からあなたに話しかけています。

聞こえているかしら？

私は昔、地球にいるひとりの男の子と、ある約束をしたの。

その子は私に『戦のない、平和な世界を創るにはどうしたらいいかを教えて欲しい』

と言ったわ。私は、「いいわ、教えてあげる」とその子に答えた。

その子の名前は、織田信長《おだのぶなが》。

そう、天下を統一した男の子。

あれ？信長は途中で暗殺されたから天下を統一した人じゃないでしょ？

って思った？

それは表の歴史。実は、天下を統一したのは信長君なの。信長君がすべてを計画したの。

そして、信長君の平和な国を創りたいという強い思いに一緒に歩んでくれた仲間がいた。
それが、秀吉君と家康君。信長君と秀吉君、そして家康君・・
この三人で二六〇年もの間戦争のない平和で豊かな江戸時代を築いていったのよ。

時は戦国。

ほら貝の音、馬のヒヅメといななき、そして刀がぶつかり合う音が鳴り響く世であった。

那古野城《なごやじょう》の上空に大きな満月が暗闇にぽっかりと穴をあけたように輝いている。

その月を落ち着かない様子で城の天守閣《てんしゅかく》から見上げている男がひとり。

「月がきれいだ」

「は、」

「まだか？」

「は、」

満月を横切るように堂々と飛んでいる鷹《たか》の姿が目に入る。

「鷹だ」

「は、」

「で、まだか」

「今しばらく」

「今宵《こよい》は月が大きいな」

「は、」

男は何かを言いたそうに家臣を見る。

「殿、まだにございます」

男は大きくため息をつきながら心ここにあらずといった様子で
「そうか‥ずいぶんと時間のかかるものなのだな」と、また満月に目をやる。

「月のように優雅《ゆうが》で、鷹のような鳥瞰《ちょうかん》の目を持ち、

リスのようにすばしっこく、
ネコのように我が道を行く・・か、
・・武将はそうありたいのぉ〜、で、まだなのか？」
「まだにございます」と家臣はあきれ顔で返す。男が再び大きなため息を
ついた時、階下から急いで階段を駆け上がって来る足音が聞こえる。と
同時に「殿〜、ご誕生にございます。若さまにございます。おめでとう
ございまする〜」という叫び声にも似た声が聞こえてくる。家臣と目を
合わせその声に男が答える。
「生まれたか、男か、そうか、男か」
階段を上がってくる家臣とすれ違いながら階段を急いで下りていく男。
「殿、落ち着かれなさいませ」
「これが落ち着いておられようか」
と叫びながら飛び跳ねるように廊下を走り、産屋《うぶや》である部屋の障子《しょうじ》を力《ちから》
任《まか》せに開ける。バンッと大きな音。
「おく、ようやった」
「殿、お静かになさいませ、御前《ごぜん》さまはお疲れにございます」と古参《こさん》の女

中の一喝《いっかつ》を受け、その声に驚き、首をすくめ小さな声で
「すまぬ、おく、身体は大丈夫か？」と妻に近づく。

その男の態度に妻は笑いながら
「大丈夫でございます。さ、抱いてやってくださいませ」

と胸に抱いていた幼子を男に差し出す。差し出された柔らかく心もとない幼子を恐る恐る抱き万感の思いで顔を見つめ、

「吉法師《きっぽうし》じゃ、お前を吉法師と名付ける、大きくなれ、強くなれ」

男は立ち上がり幼子を高く持ち上げ、外にいる家臣達に聞こえるように
「吉法師、織田の後継《あとつ》ぎの誕生じゃ」

おお〜、外で待っていた家臣達も待望《たいぼう》の後継ぎの誕生に声をあげ城内はあふれんばかりの喜びに包まれる。

この幼子が後の織田信長。

尾張《おわり》の大名、織田信秀《のぶひで》と土田御前《どたごぜん》の間に織田家の嫡男《ちゃくなん》としてこの日誕生したのである。

第一章

吉法師

地面からの照り返しのきつい夏の日差しの中、吉法師が棒を振り回している。

「えい、どうだ、ちょっと待てよ、ちょろちょろするなよ、待てって言ってるだろうが」

吉法師のまわりには鷹が一羽、からかうように右へ左へとひらひらと飛び回っている。

その鷹を棒で打とうとするがかすりもしない。

汗だくになりながらムキになっている吉法師に、近くで畑を耕している百姓達が半笑いで声をかける。

「若さまぁ〜、何を打とうとしてるのか?」

「鷹だよ」

「鷹?そんなものは儂《わし》らには見えんがのぅ」

「ここに飛んでるだろう、大きな鷹だよ」

「ほう、お前には見えるか?」と隣にいた百姓に声をかけるが、

「儂にもさっぱり見えんなぁ〜、この暑さで儂らの目がおかしくなってしまったか?」とわざとらしく目をこすってみせる。小馬鹿《こばか》にした笑いを吉法師に向けるが、
吉法師は構《かま》いもせずまだ棒を振り回している。

「もう五歳にもなるというのに、若さまにも困ったものだ」

「何もないところに向かっていつもああして棒を振り回したり、ひとりでブツブツとしゃべったり

しているそうだ」

「あれほど待ち望まれてできた若さまがあれじゃ、なぁ、お殿さまもお気の毒に」

「しかしあんなうつけに次の殿さまになられたら、こちとらもたまったものじゃない」

「次に生まれた若さまは、かしこいお子らしいぞ」

「ならば大丈夫か・・」などと百姓達は口々に話をしている。

そんな百姓達を尻目に、吉法師を少し離《はな》れた所で見ている男、教育係である平手政秀《ひらてまさひで》の姿があった。

ひとりで棒を振り回している吉法師の姿を見つけ、近所の百姓の子ども達が集まってくる。

「きっぽう、一緒に遊ぼうぜ」

「おう、何する？　相撲か？」

「いいな、今日こそは、きっぽうには負けないぞ」

「よし、勝負だ」

「あっちでやろうぜ」と誘う子ども達と一緒に行こうとしながら吉法師は政秀の顔をちょっと見るが、政秀が何も反応しないので吉法師はそのまま子ども達と走り出す。

政秀は、ただ子ども達と走る吉法師の後を一定の距離《きょり》を置きながらついていく。

そんな政秀の姿を見ながらまた百姓達は「あの方は教育係だろ、何とか言えばいいのに」「言っても無駄《むだ》なんじゃないのか?」「あれはどうしようもないんだろう」などと口々に好きなことをつぶやき合う。政秀には聞こえているが表情ひとつ変えず歩き続ける。


遠くで犬の差し迫ったような鳴き声が聞こえる。

「どうしたんだろう?」

「行ってみよう」と走り出す子ども達。

小川の土手で犬が鳴きながら川を見ている。今にも飛び込みそうな勢いである。

犬の視線の先を眼で追うと、子犬が小川の小さな中州《なかす》に一匹取り残されてキュンキュンと母犬を呼んでいる。川の水に目をやると案外水の流れは速い。

母犬が今にも飛び込もうとした時、バシャっという音とともに吉法師が飛び込んだ。

「バカ、きっぽう止めろ、危ない」

「今誰かを呼んでくるから待ってろ」

「戻ってこい、きっぽう」

子ども達が口々に止めるが、どんどん川の中に入って行く吉法師。

「犬じゃないか、放っておけよ」その言葉に吉法師は、きりっと振り向き「犬でも、命だ」と叫び、どんどん川に入っていく。

水は膝《ひざ》よりちょっと高いくらいだが水の流れは思ったよりも速い。気をつけながらそろそろと犬に近づく。何とか犬に手を伸ばし抱き上げた時、川底の藻《も》に足を滑《すべ》らせ転んでしまう。手を突こうとしたが犬を抱いているために片手しか使えない。水に流され片手で何かをつかもうともがくが何もつかむものがない。顔に水がかかり、水を飲み息もできなくなってくる。犬は離せない、どうする?どうすればいい?と思っている吉法師の手をしっかりとつかむ者がいた。

その手を頼りに体勢を立て直し川底に座り込む。見上げると新吉と源太の姿。

「バカ、お前、死ぬぞ」

新吉と源太の顔を見たとたんホッとした吉法師は涙目になりながら

「あ～、ほんと、死ぬかと思ったぁ～」

「その犬よこせ」と言う源太に犬を渡し、新吉の手を借り立ち上がる。

犬を抱いた源太と新吉と新吉に手を貸してもらった吉法師は小川の土手にたどり着く。

少し離れた所で吉法師達を警戒《けいかい》しながらも心配そうに見ている母犬がいる。

源太から子犬を受け取り、

「ほら、母上のところに帰れ、もうあんなところに行くんじゃないぞ」と声をかけそっと地面に降ろしてやると、子犬は一目散に母犬のところへ走って行く。

その姿をじっと見ている吉法師。

「俺はお前の命の恩人だからな、忘れるなよ、きっぽう」

という声に振り向くと、新吉と源太、そして子ども達がいる。

「一生忘れないよ、ありがとう、新吉」

「俺もだぞ、俺もお前の命の恩人だからな」

「うん、源太ありがとう」


その騒ぎを聞きつけ、近くで畑を耕していた新吉の父が慌《あわ》てて走って来る。

「若さま、新吉、若さまは無事か？」

父の姿を見て誇《ほこ》らしげに胸を張る新吉。

「あ〜、きっぽうは大丈夫だ、俺が助けた、な、きっぽう、こいつはホントにバカだから」

という言葉も終わらないうちに新吉の頭に大きなゲンコツが下る。

「痛ってなぁ〜、何すんだよ、父ちゃん」

「若さまに向かって、きっぽうだの、バカだの、なんて失礼な口を。若さま申し訳ございません。後からきつく叱《しか》っておきますので」

「だって、きっぽうが、きっぽうって呼べって言うんだから、なぁ、きっぽう？」

新吉の言葉にうなずく吉法師。新吉の父が何を怒っているのか分からない。

「俺、新吉に助けてもらったし」

「そうだよなぁ、もっと言ってくれよ、きっぽう」

「まだ、そんなことを言うか、このガキは」とまたゲンコツをくらわそうとする父に少し離れた所から顛末《てんまつ》を見ていた新吉の兄の弥助《やすけ》が「くだらねぇ、くだらねぇ～ぞ、おとう、そんなガキに何ぺこぺこしてんだよ」

「お前までがそんなことを」

「何が若さまだよ、そんなガキ、ただ侍の家に生まれただけじゃないか」

「弥助っ」

「おい、お前、吉法師だっけ？　お前、うつけって呼ばれてるんだってなぁ～、なるほどなぁ、ふん。確かにうつけた顔してるわ」

悔しいが何も言えない吉法師。ただ弥助をにらみつけることしかできない。

「なんだよその顔、侍がどんだけ偉《えら》いんだ？　お前ら侍は何も作れないじゃないか？

誰のおかげで米や野菜が食えると思ってんだ。百姓が田んぼを耕すからだろうが、そんなことも分からず、くだらない戦ばかりしやがって」

「やめろ、弥助、それ以上は言うな」

「おとうもそう言ってたじゃないか。戦ばかり続いて田んぼはめちゃくちゃだって、男達は戦でしなくていい怪我《けが》をするって。侍なんていなくなればいいって
みんな言ってるじゃないか」

「それ以上は言うな、だまれ、弥助」

「ふんっ」と鼻を鳴らしクワを片手に立ち去る弥助の耳に
「あのお侍は何をしているんだ？」「教育係か？」「どうしてすぐに走って行って助けない？」

「案外、そのまま、死んでくれればいいと思ってたりしてな、ハハ」という百姓のヒソヒソ話が聞こえてくる。

「あんたらもくだらねぇ～なぁ～。コソコソ悪口言ってんじゃねぇ～よ、言いたいことがありゃ、目の前で言えよ、なぁお侍さん」

すべてを聞いていた政秀。そっと吉法師に近づき
「お着替えをしないと・・そろそろ帰りましょう、母上さまもご心配されますから」

母という言葉を聞いて吉法師の顔にフッと影が差す。

「母上は俺のことなど心配しないよ」

「そんなことはございません。ご心配なさっておられますよ。さ、帰りましょう」

「もう少し遊ぶ、良いだろ?じい」

「このままだと風邪《かぜ》をひきます」

「着替えればいいのか?」

クルクルと頭の中で何かを考えている吉法師の目がきらりと光る。

「そうだ、じゃあ、みんなを城に連れていく、ならいいだろ?

着替えてみんなで城で遊ぶ、それなら帰る」

「それはどうでございましょう?」

「な、みんなも来るだろ?」

「行きたい、城の中に入ってみたい」「母ちゃんに自慢《じまん》できるぞ〜」などと言いながら喜ぶ子ども達。

それ以上何も言わない政秀の顔を見て吉法師は城に向かって走り出す。

追う子ども達、そして、ゆっくりと後ろからついていく政秀。

那古野城の大きな門が見えてくる。初めて城の近くまで来た子ども達は大喜びで、そのまま門をくぐろうとするが二人の門番に止められる。

「おい、お前ら、何だ」

「お前らが来る所ではない、帰れ」

後ろの方を走っていた吉法師が顔を出す。

「若さま」

「俺の友だちだ、通せ」

「若さま、無茶を言わないでくださぃ、百姓など城に入れたら俺達が叱られます」

「俺が良いって言ってるんだ、通せ」

「できません」

「いいから、みんな通れ」

吉法師に言われ、そのまま走り込もうとする子ども達を持っている槍で押し返す。

力に負け転ぶ子ども達。

「俺の友だちに何をする。通せ」

「若さま、ご身分をおわきまえください。こんな小汚い百姓を友だちなどと
まして や城の中に入れるなどもっての外にございます。

さぁ、とっとと行け、さもないと痛い目にあわせるぞ」

手に持った棒で子どもを打とうとする門番に向かっていく吉法師。

「やめろ、俺の友だちに何をするんだ」

かかってくる吉法師を抱きかかえる門番と子ども達を追い立てる門番。

「くそ、離せ、離せ・・こいつらに何かしたらただじゃおかないぞ。

くそ、離せよ、バカ野郎」泣きながら叫び暴《あば》れる吉法師を抱きかかえながら
政秀に何とかしてくださいという目を向ける門番。

表情を変えない政秀。立ちはだかるもうひとりの門番を怖がる子ども達。

「きっぽう、いいよ。今日はおいら達帰るよ。またな」

「待てよ、俺も行くよ、離せよ、こら、離せ、離せっていってるだろう、
離せぇ～新吉、源太ぁ～」

走り去る子ども達を追おうとする吉法師を門番はそのまま羽交《はが》い締《じ》めにして止めようとする。

泣き叫ぶ吉法師をただ見つめている政秀。

ひとしきり暴れ、泣き、叫び疲れ、おとなしくなった吉法師に顔を近づけ、
「落ち着かれましたかな」の言葉をかけるが、すねて横を向く吉法師に
優しく手を差し伸べる。

「さ、帰りましょう、若」の声にシブシブ手をつなぎ歩き出す。

トボトボと歩きながらも、どうしても腑《ふ》に落ちない様子の吉法師。

「なぁ、じい、俺はどうして城などに生まれたのだろう。侍などになりたくないのにどうして俺ひとりだけ城へ帰らなければいけないのだろう?」

「さぁ、どうしてでござりましょうなぁ」

「侍って何なんだ?いつも父上の家臣達は、若は侍なのですから、侍らしくしてくださいと言うけど、侍らしくって、どういうことなんだ?侍は百姓と遊んではいけないっていうけどなぜなんだ?侍と百姓と何が違うんだ?なぁ、じい」

「そうでございますねぇ、それが今の世《よ》の常《つね》というもの。そのうちお分かりになる時が来るのでは・・さぁ、城に帰ってじいと将棋《しょうぎ》でもいたしましょう」

「世の常・・世の常ってなんだ?」

いつの間にか肩に乗っているリスに向かって尋《たず》ねるが、しっぽをゆっくりと動かすだけで何も答えない。

「なんだよ、今日は無口だなぁ。いつもはべらべらしゃべるくせに・・ま、いっか」

気持ちを切り替え政秀に向かって「じい、今日こそは負けないからな・・」
ひとりでブツブツとしゃべる吉法師にちょっと不思議《ふしぎ》な顔を見せる政秀だが、
「ホッ、ホッ、ホッ・・さぁ、どうでございましょうねぇ〜、
まだ一度もこのじいに勝たれたことはございませんが？」悔《くや》しそうな顔をする吉法師。

城の中の廊下を二人で歩いていると、
前から三人の家来衆《けらいしゅう》が政秀を待ち構えているのが見える。
「若、ちょっと先にお部屋に戻っていてください、じいはすぐに参りますので」
不思議そうに政秀の顔を見上げる吉法師だが、すぐに何かを理解したかのように
素直にひとりで歩き始める。吉法師が見えなくなったのをみはからって
「何か御用ですかな？」
「平手さま、若を城の外へお連れするのはおやめください。
百姓達と遊ばせているそうではございませんか。
今日も百姓の小せがれどもを城の中に入れようと大騒ぎになったとか」
「若の教育係として、もう少し侍としての心構えを教えていただかなければ困りまする」

「五歳になるというのに、礼儀も知らず、言葉遣いも知らず、こんなことだから百姓達にまでうつけなどと陰口を叩かれるのでございます。え?そうでございましょう?」

「まだ若は五歳でございますから・・」

「もう五歳でございます。侍としての礼儀作法、侍としての心得、侍としての知識、下民《げみん》どもの上に立つ者としての立場が何も分かっていらっしゃらない、そもそも貴殿《きでん》が・・」

「もうよろしいでしょうかな、若と将棋を指す約束をしておりますゆえ・・これにて・・」

「お逃げになるのですか?」

と後ろから声をかける家来衆の声を聞こえないかのように堂々と立ち去る政秀。


「お待たせいたしました、若」

「今日こそは負けないぞ」と意気込む吉法師を見て笑いながら
「では、駒《こま》を並べてくださいませ」

将棋盤《しょうぎばん》に駒を並べ始める吉法師が手を止める。

「いかがなさいました?並べ方お忘れになりましたか?」

「なぁ、じい・・どうして歩を前に並べるのだ?」

「どうして?そうですなぁ、歩は足軽《あしがる》のようなものでございますから」

「だから、どうして足軽が前に出てるのか?って聞いてるんだ」

「(尋ねられている意味が分からない顔で)足軽だからでございます」

「足軽は強いのか? 王将より強いのか?」

「王将が一番強うございますが・・王将を守るのが足軽や家来の役目ですので」

「それが分からないんだよな、どうして一番強い王将が一番後ろにいて、弱い足軽達が前にいるのだ?強い者が一番前に行くのがいいのではないか?どうして強い者が弱い者に守ってもらうのだ?」

と言いながら、王将の駒を前に出し、歩を後ろに並べ替える吉法師。

「ほほう、それも一理ございますが、では、誰が作戦を考えるのでしょうか?」

「作戦?」

「戦《いくさ》には作戦が必要となります。力だけではどうにもならないのです。将棋も作戦を練り、どうすれば敵陣《てきじん》に入り込み敵を倒すかを考えなければいけません。戦も同じことです。王将は広い目で見て、そのときどきの状況で作戦を考えなければならないのです。その時に前で戦っていてはどうでしょうか?」

「考えることができないか」

「そうです、兵達の指揮《しき》を執《と》ることができず、状況を見ることができず負けてしまいます。王将は、指揮を執るのが役目、指揮を執れるようにお助けするのが家来達の役目にございます」

「役目か、でも弱い歩を使わずに強い駒だけで勝つ方法はないのだろうか？」

歩を将棋盤からすべて降ろし、王将（玉将）、飛車、角行、金将、銀将、桂馬、香車だけで政秀の将棋の駒を動かし、ひとりで将棋を進めようとする。

横にネコが座って将棋盤を見ている。

「こうすればどうだ？」ネコに向かって聞く吉法師。

「そこだと無理ね、すぐに取られてしまうわ」答えるネコ。

「じゃ、これでどうだ？」

「考えなさい、次の次のまた次の手まで。そこを取られると五手先はどうなる？」

「これが取られると、こうなるから・・あ～、ダメだ、この手は使えない。どうしたら」

ブツブツと言いながら将棋盤の上で駒を動かし続ける吉法師。

将棋盤の上は、見たこともないような駒の配置になっている。

夢中になってひとりで駒を動かし続ける吉法師を愛《いと》おしく見つめる政秀。

「平手さま、こちらにいらっしゃいましたか？」と、障子《しょうじ》の外から声がかかる。

「何か？」

「殿さまがお呼びでございます」


座って書き物をしている信秀。

入ってくる平手政秀、信秀の前にひれ伏す。

書き物から目を上げることなく
「吉法師はどうじゃ？」

「は、」

「ずいぶん評判が悪いようだが」

「は、」

「いつもひとりでブツブツつぶやいているかと思えば、何もない所に向かって棒を振り回していたりするらしいではないか、百姓衆にまでうつけなどとバカにされておると聞くが」

「は、」

初めて目を上げ政秀を見る信秀。

「政秀、お前は教育係として何をしておるのだ」

政秀も顔を上げる。

「お言葉をお返しするようですが、吉法師さまはとてもご聡明《そうめい》でいらっしゃいます」

「奇行を繰り返し、織田家を継ぐ跡取りとしての心構えもできていないと
城内の声もわしのところに聞こえてくる。これでは、家来達に示しがつかん。

場合によっては織田家からの排斥《はいせき》も考えねばならぬ」

「若さまは世の常の中におられる方ではございません。

世の常などという小さなところからではなく、もっと大きなところから人々が驚くようなことを
考えられるお方でございますゆえ、そんじょそこらの節穴《ふしあな》の目から見ればただの
うつけにしか映らないのでありましょう」

「大きなところから見る目を持っているとな」

「は、鷹のように高い所から世の中を見る目をお持ちでございます。

一度、殿ご自身で吉法師さまとお話しなさっていただければ、私の言葉がご理解いただけると存
じます」

「わしの目が節穴かどうか試してみてくれる、というか？」

「滅相《めっそう》もございません。ですが、殿ご自身の御目《おめ》でしかとお確かめの上、この後のことをお考えいただきたく、この政秀心よりお願い申し上げます」

深くひれ伏す政秀。


母の膝に抱かれ、甘える弟信行《のぶゆき》。

その信行の頭を愛おしそうに撫《な》でる土田御前。

少し離れた縁側《えんがわ》でひとりネコに向かってブツブツと話しかけている吉法師。

信行の頭を撫でながら不思議なものを見るかのように吉法師に視線を送る土田御前。

そこに父信秀が入ってくる。

膝に信行をのせたまま、お辞儀《じぎ》をする土田御前。まわりのお付きの女中達はひれ伏す。

「構わぬ」

その言葉に顔を上げ、そそくさと部屋を出ていく女中達。

部屋の中は父と母、吉法師、信行の四人。

「突然いかがなさいました?」

母の膝に抱かれる信行の頭を撫でながら「たまにはのう、お前達の顔を見とうなってな」

「おや、お珍しいこと。雨でも降りだすのではございませんか？」

と笑う土田御前に「吉法師はどうじゃ？」

「どうじゃとおっしゃられますと？」

「吉法師は抱いてやらんのか？」

「もう五歳、それにあの子はこの母になつきませぬゆえ」

「なつかないのではなく、お前が吉法師を避《さ》けておるのではないか？

なぜだ？信行と同じお前の子ではないか？なぜ吉法師を疎《うと》んじる？」

ひとりで遊ぶ吉法師をしばらく見つめ
「あの子は気味が悪うございます。わらわは何だかあの子が恐ろしゅうて」

土田御前の顔を見ながら
「気味が悪い？」

「はい、何やらいつも誰もいない所に向かってブツブツと話しております。

急に笑い出したかと思えば、怒り出したり、もう気味が悪うて」

信秀は、吉法師の方へ歩きながら
「吉法、たまには父と将棋でも指さんか?」

えっ?という顔で信秀を見上げ、パッと嬉《うれ》しそうに笑い「はい」

と言うと同時に将棋盤を取りに行く。

そして、小さな手で大きな将棋盤を重そうに運んでくる。

二人で駒を並べながら
「吉法は将棋が好きか?」

「はい、いつもじいと指しております。まだ、じいに勝ったことはございませんが。

でも、新吉には勝ちます」

「新吉とは、村の百姓のせがれか?」

「はい、友だちです」

「そうか、友だちか、で、新吉とは他にどんなことをして遊ぶのか?」

「村にはたくさんの友だちがおります。相撲《すもう》を取ったり将棋をしたり、
虫取りも好きです。相撲なら誰にも負けません」

嬉しそうに話す吉法師の顔を見ながら、まず一手を指す信秀。

将棋の駒は普通の形に並べられている。

次の手を指す吉法師。
そのまましばらく二人は黙って駒を動かし続けるが、突然信秀が
「おお、そう来たか」と唸る。

考えている信秀に
「父上、どうして新吉達は城には入ってはいけないのですか？」

「百姓は身分が違うから城には入れぬ」

「身分とは何ですか？」

「身分か、生まれ育ちのことじゃ、武士は武士に生まれ、百姓は百姓に生まれる。武士は百姓より身分が高い、それが身分じゃ、それが世の常じゃ」

「世の常、何かを聞くと必ずみんな世の常とおっしゃいます。世の常とは何なのでしょう？」

「世の常は、世の決まり事じゃ」

「決まり事とは、誰が考えたものでございますか？」

「・・・・・・・・ええい、それは昔から決まっておるものじゃ」

「昔から決まっているもの・・」

「王手じゃ」

「えっ？·父上それは、ちょっと待ってください。それはあんまりでございます」

軽く笑いながら「あんまりも何もあるか、ボーッと考え事をしておるから手がおろそかになるのじゃ、戦では気を抜いた時点でお終《しま》いじゃ、よく覚えておくがよい」

スッと立ち上がって部屋から出ていく信秀。

部屋を後に歩きながら「うん、面白い」とひとり笑う。

ススキが生《お》い茂《しげ》るあぜ道を吉法師、新吉、源太、あと百姓の子ども達数人が抜いたススキを振り回しお互いをからかいながら歩いている。

新吉の家の方から新吉の妹ゆきが

「おにいちゃ～ん、おっかぁが呼んでるよ～、そろそろご飯ができるから帰っておいでってぇ～」

と言いながら走って来る。

と同時に、地響《じひび》きにも似た馬のヒヅメの音が聞こえて来る。

乱暴に走るヒヅメの音に危機感を感じた新吉がゆきに向かって叫ぶ。

「馬が来るぞ、ゆき、そこで待ってろ」聞こえないゆきはまだ走ってくる。

「ゆき、待て、そこで待ってろ」馬のヒヅメの音はどんどん迫ってくる。

ゆきが道に入ると同時に曲がり角から馬の姿が現れる。

突然現れた大きく猛々《たけだけ》しい馬の姿にゆきはパニックになって立ちすくむ。動けない。

それを見た新吉はゆきに向かって走り、すんでのところでゆきをかばい道の端の方へ突き飛ばすが自分は逃げ遅れ馬に蹴《け》り飛ばされてしまう。


空中に大きく舞い上がり、ドサッと地面に落ちる新吉。

「新吉っ」

叫びながら新吉を起こそうとする吉法師。驚いて立ち上がりいななく馬、振り落とされないように手綱を持ち他の子ども達に叫ぶ侍。

「どけっ」

近くにいた政秀が大きく手を広げ馬の前に立ちはだかる。

馬のいななきとヒヅメの音、侍の怒号《どごう》を聞き、近くの田んぼにいた弥助が走って来る。

「新吉、どうした?」倒れている新吉の姿を見て
「お前何やってるんだ」と侍に向かって叫び、馬から引きずり降ろそうと近寄る弥助を持っているムチでしたたかに打ち据《す》える侍。

「お待ちなさい」と厳しい声で一喝する政秀。

侍をにらみつける吉法師。

「これはこれは政秀殿に若さまではございませんか？急いでおりますゆえおどきくだされ」

「子どもを蹴り飛ばしてその態度か」

ちらっと倒れている新吉に目をやり
「これは異《い》なことを、ご存じの通り、これは殿の早馬《はやうま》にございます。
百姓の一匹、二匹つぶしたところで何もお咎《とが》めはございません。
それよりも早く殿にお知らせせねばなりませんので、すぐに道をおあけください」
どかない政秀に向かって
「おどきなさい。これは殿の御下賜《ごかし》であるぞ」と一喝する。
殿の命だと言われ、何もできず道をあける政秀。
「では、これにてご免」と走り去る。
その後ろ姿を新吉を抱きながら悔しそうににらみつける吉法師と弥助と子ども達。
走って来る新吉の父と母、泣きじゃくるゆき。
悔しさに震える吉法師の姿を見つめる政秀。

新吉に走り寄り新吉とゆきを抱きかかえる父と母。
そして、吉法師をにらみつける弥助。
ぐったりと動かなくなった新吉の姿。

第二章

信長

穏《おだ》やかな春の日差しが差し込む清洲《きよす》城内、ひれ伏《ふ》す三人の男達。

この者達は、織田大和守家《おだやまとのかみけ》の当主織田信友《おだのぶとも》に仕《つか》える三奉行《さんぶぎょう》である。

真ん中には信秀の姿。信秀の両脇には因幡守《いなばのかみ》と藤左衛門《とうざえもん》が控えている。

そこへ織田信友が入って来て下から上座《かみざ》へ歩いてくる。

上座の一歩手前、ひれ伏す信秀の前に止まり
「吉法師であったか?元服《げんぷく》いたしたそうじゃな?」

「は、」

「名は?」

「信長と命名《めいめい》いたしました」

含み笑いを浮かべながら大げさに言葉を出す信友。

「それは良き名じゃ。その信長は、これまたずいぶんと評判が高いようで何よりじゃ」

「は、」

「(小さくだが信秀に聞こえるように笑い)うつけとの評判がとてもお高いようで」

信秀を挟《はさ》んで顔を見合わせ笑い合う因幡守と藤左衛門だが、信秀は動じない。

「本日もご挨拶《あいさつ》させていただきたく同行させております」

「下の子はどうじゃ?元服はまだか?」

「まだ十歳にて」

「では、その子が元服いたした時に連れてまいれ」

「は、」

今度は藤左衛門が笑いを押し殺した声で「うつけにはお会いにならないそうじゃ」

隣の控えの間では、お供の家臣達と信長がその会話を聞いているが、気にするお供の家臣の心配をよそに信長は涼しい顔をして座っている。


信友は、スタスタと上座へ行き座りながら奉行達に向かって
「先日、お館《やかた》さまに、岩倉織田《いわくらおだ》とともにお会いして来た」

「駿府《すんぷ》の今川めでございますか？」

「そうじゃ、美濃《みの》の斎藤もずいぶんと勢力を伸ばしてきておる」

「前門《ぜんもん》の虎、後門《こうもん》の狼にございます」

「どちらに兵を送っても、どちらかが手薄になる」

「どちらも強うございますゆえ手薄になると攻め込まれます」

「そこをお館さまは危惧《きぐ》しておられる。なにか手はないか、信秀」

「今川の兵の数は我が軍の数倍、斎藤も財にあかしてどのくらいの兵を動かせるか予測もつきません」という言葉に藤左衛門が口を挟む。

「信秀殿、兵などいくらでも百姓を連れてくればいいではないか。

領内にはまだまだ百姓がいくらでもおる」

「しかし、百姓達は度重《たびかさ》なる戦で疲弊《ひへい》しております。

田畑も荒れ作物も取れず、領内は戦をする蓄《たくわ》えもままならぬ状況」

「そのような甘いことを言っておるから今川や斎藤に後《おく》れを取るのだ。

百姓のことなど知らぬわ、搾《しぼ》り取れるだけ搾り取ればいいのじゃ」

それを控えの間で聞いている信長の顔色が変わり手をきつく握りしめる。

「信長さま」と小さく声をかける政秀に向かって（大丈夫だと）うなずく信長。

「しかし、民が疲弊してしまっては戦にも影響《えいきょう》いたします。

ここはしばらく様子を見てはいかがでしょうか？」

「猶予《ゆうよ》はない」

「しかし」

「信秀、考えろ、お前に任せる」
「は、」

那古野城に戻って来た信秀は地図を見ながら、地図に置いた駒を動かし戦略《せんりゃく》を考えるがなかなかいいアイディアが浮かばない。
フッと頭によぎる政秀の言葉。

――若さまは、高い所から世の中を見る目をお持ちでございます――

「鷹の目か」

いっぽう、信長は自分の部屋で将棋盤の上の駒を動かしながら
「歩を使わず、王将を取るには・・」とつぶやく。
将棋盤を挟んで真正面に座っているネコが話しかける。
「それには、どうする?」

「相手の歩の上を自由に行くことができたら・・
そうかっ、弓《ゆみ》か・・長く強く飛ぶ弓があれば・・」

ネコが尻尾《しっぽ》で駒を動かす。

「そうだよな、王将同士の一騎打《いっきう》ちができれば、歩は戦わずにすむ、な、さくや」

「でも、王将は表には出てこない」

「それをどうやって表に出すか」

「五手先、十手先、もっと先を考えるの」

「分かってるよ、もう、うるさいなぁ～」

ネコは、フンっと横を向き、顔を洗い始める。

「考えろ、考えろ、どうしたらいい？」

夢中になって考える信長に
「信長、ちょっといいか？」と障子の外から父信秀が声をかける。

「父上？どうぞお入りください。

いかがなさいました？」

「誰かおるのか？何やら話し声が聞こえたが」

「（シラっと）いえ、誰もおりません。独り言にございます」

「（いぶかしそうに）そうか」

「何か？」

信長の前に座りながら
「今川と斎藤のことはお前も知っておろう？」

「はい」

「この状況、お前ならどう考える？」

「私ならば斎藤と手を組みます」

「斎藤と和睦《わぼく》すると申すか？」

「はい、斎藤と戦うのは得策《とくさく》ではありません。いっそのこと手を組み背中を預けます」

「背中を預けるとな？」

「そうでございます」

「しかし、和睦など斎藤が受け入れるとは思えんが」

「利害《りがい》が一致すれば」

「利害と」

「斎藤はまだ美濃を治めてはおりません。今はそちらの方が先決」

斎藤
織田
今川

その図を指しながら
「しかし前には浅井、朝倉、後ろには織田、織田の後ろには今川が迫っている」
「織田は今川、松平が脅威《きょうい》にございます」
「背を預け合えば、前だけに集中できるというわけか」
「お互いの利害が一致すると思いますが」

考え込む信秀に向かって
「父上、どこかに良い弓はございませんか?」

「弓?弓などどこにでもあるだろうが」

「普通の弓ではございません。もっともっと長く、強く飛ぶ弓でございます」

「そのような弓を持ってどうする?」

「これからは、刀だけで戦う地上戦ではなく矢を重点にした空中戦だと考えております」

「空中戦か、長く強く飛ぶ弓矢のう」

ハッと何かを思いついて「弓矢ではないが、鉄砲という武器があると聞いた」
「鉄砲?」

「何やら鉄の筒から鉄の玉を飛ばす武器らしい。弓矢よりずっと威力《いりょく》があると聞いたが」

「父上、お願いでございます。その鉄砲とやらを私に買ってください」

信長の必死の形相《ぎょうそう》。

第三章

道三

美濃の斎藤道三《さいとうどうさん》、
僧侶《そうりょ》から油商人を経て戦国大名に成り上がった変わり者の戦国大名である。
その鋭いまなざしから美濃のマムシと呼ばれていた。
マムシににらまれた者は怖れから身動きできず、ゆっくりとゆっくりとのみ込まれていくかのごとく従わざるを得なくなっていくのである。

夏の日差しも和《やわ》らぎ秋を感じる虫の声が聞こえる中、尾張と美濃の中間点に位置するある寺の一室において上座を横にし信秀と道三が対面して座っている。

お互い少し後ろに三人の家臣を従えている。

それぞれの後ろの部屋には、十人以上の家臣達が控えている。

家臣達の緊張《きんちょう》をよそに信秀と道三は和《なご》やかな雰囲気《ふんいき》で話をしている。


「あなた様のお申し出、この道三、承知仕《しょうちつかまつ》りました」

「心より感謝申し上げます」

「これで、尾張と美濃は安心して前に進むことができますな」

「それにつきまして、ひとつ提案があるのですが」

「どのようなことでございましょう?」

「我が織田の嫡男も十五歳、そろそろ嫁取りのことを考えております」


その言葉を聞き突然道三の顔と声が厳《きび》しくなる。

「娘を和睦の証《あかし》として人質に差し出せとおっしゃるか?」

「滅相もない、そのような意味ではございません。

濃姫《のうひめ》のお噂《うわさ》は尾張まで聞こえてまいります。

見目麗《みめうるわ》しく、とてもご聡明でいらっしゃるとのこと」

「(口元ちょっとほころび)まぁ、私の娘にしては、できた娘だとは思っております」

「これからの両家にとって、とても良いご縁《えん》だと思うのですが」

「しかし、可愛い娘、誰彼かまわずというわけにはまいりませぬゆえ」

「もちろんにございます」

「はっきり申し上げて、あなた様のご子息《しそく》のお噂も耳に入ってきております」

「そうでございますか」

淡々《たんたん》と答える信秀に、うん?と首をかしげ
「・・・・・ま、噂というのは得てして無責任なもの」

「そのようで」

「では、いかがでございましょう？一度、私がご子息に直接お会いして、それからこの話を考えさせていただくというのは」

「承知いたしました、では、そのように」


「お父上さま、お帰りなさいませ。お呼びでしょうか？」

「お濃か？お入り」

「お疲れではございませんか？」

「大丈夫だ、心配はいらん、お濃も知っておると思うが、美濃は尾張と和睦を交わした」

「存じております」

「その和睦の席で、尾張の家臣である織田信秀殿の嫡男とお濃の婚姻《こんいん》の話が出た」

「婚姻？でございますか？」

「相手は、織田信長、あの吉法師じゃ」

「織田さまの吉法師、ですか」

「そうじゃ、あの吉法師じゃ」

「なんと、また」

「なんという話を、と思ったが、その時の父信秀の態度がのう」

「父君の態度とおっしゃられますと？」

「堂々としておった、わしがご子息の噂は耳にしておると言っておるのに少しも動じず、そうでございますか・・とぬかしおった」

「うつけだという噂を聞いていると？」

「そうじゃ、息子はうつけだと聞いておる、と。しかしまるで動じずに、そうですか・・とな」

「息子はうつけではない、と、父君は思っていらっしゃると？」

「あれは相当な自信じゃ、面白い。そこで、一度会うことにした。我が目でうつけか、そうでないか見届けてやるわ」

「お父上さまをそこまで面白がらせる御仁《ごじん》とは、私も興味がございます」

「そうか、ならお濃も一緒に行くか？」

「ぜひ」

「では、陰《かげ》から見ておるがいい、信長が真のうつけなら、その場で蹴散《けち》らしてくれるわ」

「はい」

「しかし、お濃の気持ちもある。お濃が見てイヤだと思えばそう言えばいい」

「でも、お断りしたら和睦はどうなるのでしょう？」

「それとこれは別の話じゃ、この話を断ったことで破談《はだん》になるくらいの和睦ならば最初からせん方がいい」

「では、しかとこの目で拝見させていただきます」

華のような笑顔を見せる濃姫を目を細め見る道三。常に苦虫《にがむし》を噛《か》み潰《つぶ》したような道三がこのような笑顔を見せるなど誰にも想像もできないであろう。


那古野城が夕日で赤く染まっている。

「さくやぁ～」

「にゃ～ん」

「ムカつくなぁ～、ネコみたいな声を出すなよぉ～、真面目に聞いてくれよ～」

「なに？」

「父上が嫁を取れとおっしゃる」

「そ、で、信長はどうしたいの？」

「分かんないよ～、急に嫁とか言われても、その上、その子、道三の娘だっていうし」

「道三の娘の何が問題？」

「道三の娘だよ、マムシが女になったみたいな娘だったらどうすんだよ」

「ふふ」

「ふふ、じゃないよ、まったくこっちは真剣に考えてるのに」

「信長は道三に会ったことないの？」

「ないよ、でさ、今度道三が俺に会いたいって言ってるんだって、会ってからこの婚姻を進めるか決めるって、なんか憂鬱《ゆううつ》だなぁ～」

「会ってみればいいじゃない、会う前から考えても何にもならないわよ」

「そうだけど」

「考えるにも考えるだけの情報が必要でしょ。会って、よく見て、それから考えたらいい。そうじゃない？」

「そうだよなぁ～、父上は豪気《ごうき》でとても良い人物だとおっしゃっておられたし」

「自分の目でしっかりと見た上で決めればいい。考えても仕方ないでしょ」

「でも、会って何を話せばいい？」

「肌で感じてごらん」

「肌で？」

「そう、言葉よりも肌で感じた方がたくさんの情報は入ってくるわ」

「肌で、感じる・・」

「そう、人と会う時は、まず肌で感じるの、そして、それから考えるの」

「肌で感じて、考えるって言われても、分かんないよ～」


正徳寺《しょうとくじ》、何もなくただただ広い部屋の真ん中に信長が座っている。

廊下からドスドスと大きな足音が聞こえてくる。

ひれ伏す信長。

乱暴に部屋に入って来て、ドスンと信長の前に座る道三。

道三が座ったことを確認し、顔を上げる信長。

にらみ付けるように信長を見る道三。
その目を冷静に見返す信長。
二人とも目をそらさない。
道三の後ろに控える家臣達は、その光景を緊張の面持《おもも》ちで見つめている。
持ち前の眼力《がんりき》で凄《すご》むように見つめる道三に対し、冷静に表情を変えず見返す信長。
信長の後ろに控える政秀もただ道三を見つめる。
物音ひとつしない二人の会見場に、ときどき響くトンビの声が緊張感を高めていく。
緊張が高まり、額に汗をにじませる道三の家臣達。
信長の家臣三人も政秀以外は緊張に震《ふる》え始める。
眼に力を入れ、もっと信長をにらみつける道三。
冷静に表情を変えず道三を見つめる信長。
トンビの声に緊張感も頂点に達した頃
突然道三の肩が震え始め「ククク」と喉《のど》を鳴らすような音が聞こえてくる。
それを見た家臣達、刀の柄《つか》に手をやる者、
道三をなだめるために立ち上がろうとする者、
信長の家臣達も動きを見せようとする・・あわや・・と思われたその時、

大きな身体を揺さぶりながら弾《はじ》けるように笑い始める。

何が起きたのか分からず動揺《どうよう》しながら顔を見合わせる家臣達。

大声で笑い続ける道三。

道三の笑い声を聞きながら静かにひれ伏す信長。

そして、静かに立ち上がり場をあとにする。

後ろからはまだ道三の笑い声が聞こえてくる。


信長が寺を去ったのを見届けて、「お濃、見ておったか？」

「はい」

「どうじゃった？」

「まさしく噂に聞くうつけ殿にございますね」

「確かにうつけじゃな、それも大うつけじゃ」

「いつもの父上の戦法に動じなかったのは信長さまだけにございます。

さすがのうつけぶりにほれぼれいたしました」

「あやつ、一歩も引かなんだわ、あっはっは、面白い男じゃ」

「はい、とても美しい方だと濃は思います」

「ならばこの縁談《えんだん》進めるぞ、いいな」

「はい、よろしくお願いいたします」

「光秀《みつひで》はおるか？」

「ここにおります」

「聞いておったと思うが、この縁談進めるぞ」

「は、」

「お前は濃につけておく、もし濃に何かがあれば、すぐに信長を殺せ。いいな」

「は、」

那古野城の自分の部屋に着くなりバタッと仰向《あおむ》けに倒れこむ信長。

「さくやぁ〜、疲れたぁ〜」

「で、どうだった?道三は？」

「優しい人だったよ。怖い顔はしてたけど、なんか温かかった」

「そ」

第四章

濃姫

桜の花びらが舞い落ちる那古野城の廊下に信長がそわそわと落ち着かない感じで立っていると向こうからきらびやかな女性達の一行が歩いてくる。

信長と濃の婚礼が決まり濃姫が那古野城に輿入《こしい》れして来たのである。

初めて見る濃姫の美しさに見とれ、まじまじと無遠慮《ぶえんりょ》に見つめてしまう信長。

「濃にございます。何か顔についておりますでしょうか？」

――怖――

「いや、えと、なんでもない、です」

女中が濃姫の手を差し出し、信長に取るように促《うなが》す。

照れながら濃姫の手を受け取る信長。

表情を変えず凛《りん》とした態度で信長に手を取らす濃姫。


「さ、殿がお待ちでございます。こちらへ」

政秀に先導され、信秀、土田御前が待っている部屋へ二人で向かう。

後ろには濃姫が連れてきた女中達と陰から見守る光秀の姿。


部屋の中にはニコニコと笑顔を見せる父信秀の横に

にこりともせず厳しい表情をした母、土田御前が座っている。

母に歓迎されていないのを感じながら信長と濃姫は二人の前に座りひれ伏す。

「お父上さま、お母上さま、初めてお目通りさせていただきます、濃にございます」

「硬くならずともよい。濃姫、美濃を離れ心寂しいこともあるじゃろうが、何かあればすぐにこの父母に申してくれ。どうじゃ、何か困ることはないか?」

「お心遣い痛みいります。おかげさまにて」

「信長、嫁を取ったからには一人前。織田家の頭領《とうりょう》となるべく励めよ」

と、突然、土田御前が横から口を差し挟む。

「殿、またそのようなことを。まだ信長が織田の頭領となるなど決まってはおりませぬ」

厳しいその口調に困ったように笑いながら「信長は嫡男であるぞ」となだめようとするが土田御前は不満そうな表情を隠そうともせず横を向いてしまう。

一瞬にして重い空気に満たされた空間を変えるべく
「それはそうと、鉄砲の扱いは慣れたか?信長」

「なかなか苦労しております。一発撃ったあと時間がかかり過ぎますし、あと的に当てる・・」

しゃべっている信長の言葉を遮《さえぎ》り、

「あなたが鉄砲などというものをお与えになったから、信長がまたおかしな行動をするよ

うになったのです。世の中の笑いものでございます。

政秀、お前はどういう教育をしたのじゃ、織田をつぶす気か？」

「は、」

誰にも目を合わせない土田御前に最悪な雰囲気の中、信秀は軽くため息をつき・・

「もうよい、下がれ」のひと言に、信長も濃姫も無言《むごん》のまま部屋を立ち去るしかなかった。


廊下を歩く信長、きょろきょろとまわりを見回し何かを気にしている。

庭で木刀で鍛錬《たんれん》している信長、きょろきょろとまわりを見回し何かを気にしている。

風呂に入ろうとしている信長、きょろきょろとまわりを見回し何かを気にしている。

濃姫が信長の部屋の前を歩き過ぎようとした時、

部屋の障子が少し開いて手のひらが出てきてひらひらと濃姫を呼ぶ。

「ちょっと、ちょっと」

「信長さま、なんでございます」

「しっ、とにかくちょっと入って」

濃姫がいぶかしそうに信長の部屋に入っていくのを陰で見ている人物がいる。

「廊下に誰かいなかったか？」

「廊下に？特に気付きませんでしたが」

「最近、何やらいたるところで殺気《さっき》を感じるんだよ。

いつも誰かに見張られてる気配《けはい》がするんだ。濃姫は大丈夫？」

「あ〜、それは光秀にございます」

「光秀？誰、それ？」

「美濃の父の家臣にございます」

「どうして？その光秀さんが俺をそんなに付け回してにらむの？

俺、その人に何か悪いことした？」

「美濃の父が輿入れの時につけてくれた家臣にございまして、もし、信長さまがこの濃に何かしでかした時は、すぐに殺せと父に命じられております」

「あ～、そういうことだったのね。ふ～、安心したよ」ドサッと座り込む信長。

その隣に座り不思議そうに信長の顔を覗き込む濃姫。

「安心、ですか？」

「俺はいいんだけど、濃姫に何かあったらって思ったら、ちょっと心配になってさ。

お父上の家臣なら安心だ」

「でも、信長さまを殺せと命じられているのですよ」

「だってそれは俺が濃姫に何か悪いことをした時でしょ。

俺、濃姫に何もしないから殺されることもないでしょ」

その屈託《くったく》のない笑顔をじっと見つめる濃姫。

「その光秀？よっぽどお父上に信頼されてるんだね」

「光秀は、私が幼い頃よりずっと傍《そば》にいてくれました。父の弟の子にございます。

光秀が幼き時にその弟が亡くなり、それから父上が手元に置いて育てたのです」

へえ～っと濃姫の話に聞き入る信長。

「私にとっては兄のような人です」

昔を思い出すように「駄々《だだ》をこねる私をおぶってよく庭を散歩してくれました」

「へぇ～、濃姫でも駄々をこねることがあるんだ」

「ございますとも、今でもイヤなことがあれば駄々をこねますよ、覚悟《かくご》してくださいませ」

コロコロと笑う濃姫に「じゃあ、そういう時は光秀を呼ぼう」

「失礼な、もうおぶってもらう年ではございません」

二人の横ではネコが尻尾を優雅に揺らしながら顔を撫でている。


「ひとつお聞きしてもよろしいでしょうか？」

「何？」

「お母上のことでございますが」

「あの時はごめんなさい。母上は俺に対していつもああなんだ。

濃姫に何か意見があるわけじゃないから気にしないで」

「どうして？　実のお母上ですよね？」

「俺が変わり者だから、仕方ないと思ってる。うつけと呼ばれているのも本当だし」

「それは、お寂しいでしょうに」

「でもこうして濃姫が来てくれた、だから寂しくはない」

濃姫、じっと信長の顔を見て、ちょっと不満そうに

「私はお母上のかわりですか？」

「違う、違う、そんなことは思っていない。俺は母は求めていない、俺が欲しいのは」

「欲しいのは？」

「一緒に歩いてくれる人」

「一緒に歩く？」

「俺には夢があるんだ」

「夢？」

「俺は天下を取る」

信長、真剣な顔をして濃姫の手に自分の手を乗せ意を決したように
「濃姫、その夢を一緒に見てもらえないだろうか？一緒に歩いてもらえないだろうか？」
濃姫、自分の手に乗っている信長の手を見つめ、
そして信長の顔に視線を上げ、力強く「はい」と答える。
信長、ホッとした顔で、「良かったぁ〜」と笑い、何か良いことを思いついたように
「そうだ、友だちに会わせるよ。明日、一緒にみんなに会いに行こう」
濃姫、嬉しそうにうなずく。

田んぼのあぜ道を歩く信長と濃姫、政秀も後ろを歩いている。
三人は、のんびりと散歩を楽しんでいるが、
少し距離を置き後ろを歩いている光秀だけがピリピリした雰囲気を醸《かも》し出している。

「信長さまぁ～」

信長を見つけた源太が前から走って来る。

「源太、しばらく、元気だったか？」

「元気、元気、信長さま、嫁さまもらったんだって？」

「信長さまはやめてくれよ、きっぽうでいいよ」

「そうはいかないよ、またゲンコツくらわされるからな」

笑いながら、濃姫を見る源太に信長が少し照れながら「濃姫」と紹介する。

「濃です。よろしく」

源太、信長を肘でつつきながら「きれいな人だなぁ〜」

「だろ」

源太、濃姫に向き直り「おいら源太、信長さまの命の恩人」

「まぁ」

「昔、川でおぼれそうになったのをおいらが助けたんだ」

「それは新吉だろう」

「俺も手伝ったぞ」

「そうだな、新吉のおかげで俺はまだ生きていられるのに」

新吉の話になりちょっとしんみりとなった信長を
少し離れた田んぼで弥助が鋭い目をして見ている。


「まだ怒ってるのか?」

「あれから、ますます侍嫌いになっちまった」

「そうか」

「その新吉というのは、昨日お話しくださった?」

「そう、早馬に・・」

濃姫、信長の心中《しんちゅう》を察《さっ》したように、「信長さまの夢、叶えてくださいませ」

目を見つめ合って話し合う二人の姿を見てはやし立てる源太。

「ヒュ～、見せつけるねぇ～」

「うるさいぞ～」と源太を殴《なぐ》るふりをする。

「やるか」「おう」

二人で相撲を取り始める。二人が相撲を取るのを見て他の子ども達も集まってくる。

何人もの子ども達と相撲を取る信長。その姿を楽しそうに見る濃姫。

第五章

竹千代

竹千代　六歳。ちょっと気弱そうな目をした男の子・・後の徳川家康《とくがわいえやす》である。
竹千代の父、松平広忠《まつだいらひろただ》は織田氏に対抗するため駿河《するが》の今川氏に臣従《しんじゅう》し
竹千代は、今川氏の人質として駿府《すんぷ》へ送られることとなった。
だが駿府への護送の途中に立ち寄った田原城《たはらじょう》で
義母の父　戸田康光《とだやすみつ》の裏切りにより尾張の織田氏へ送られた。
しかし広忠は今川氏への臣従を貫いたために竹千代は見捨てられた形となり
殺されてもおかしくなかったのだが
そのまま人質として尾張、織田家の城に留め置かれたのである。

ウグイスのさえずりがうるさいほどに聞こえる中、那古野城の庭から竹刀の打ち合う音と信長の
厳しい声も響き渡る。

「もっと来い」

竹千代、信長に突進するが軽くいなされ転ぶ。

「そら、もう一回」

竹千代、立ち上がり木刀をむやみやたらに振り回しながら信長に向かって突進する。

その木刀を力いっぱい叩き落とす信長。

竹千代、力余って転ぶ。

「うっ」

竹千代、膝を抱えうずくまる。

「どうした、ほら、もう一回」


その二人の様子を見ている濃姫。「少し休憩《きゅうけい》なさいませ」

その声に木刀をおろす信長。

濃姫、竹千代に近づき、竹千代の膝を見ると血が出ている。

「痛いか？」

「痛くはございません」

「血が出ているではないか」

「大丈夫です。痛くはありません」

「痛ければ痛いと言っていいのよ」

濃姫、信長を見る。

「痛いと言うことは恥ずかしいことではない」

竹千代、信長の顔を見る。

「逃げなければいい、痛いものは痛い、泣きたい時は泣いてもいい。それは正直な気持ちだ。でも、逃げるな」

竹千代、うなずく。

「痛いであろう？」

竹千代、目にいっぱい涙をためる。

「うえ〜ん、痛いよ〜、姉《あね》さまぁ〜」と、濃姫に抱きつく。

「おい、こら、お前、抱きついてよいとは言っておらんぞ」

「痛いなぁ〜、痛いなぁ〜、よしよし、よく頑張ったな、強い子じゃ」

と竹千代の背を撫でる。

「おい、もういいだろう、竹千代、離れろっ」

離れない竹千代。信長、竹千代を濃姫から離そうとする。

濃姫、そんな信長を笑いながら竹千代を抱き続ける。

竹千代、ますます濃姫に甘えてくっついている。

「よし、稽古《けいこ》はここまで、花見でも行くか？」

「城中にきれいな花が咲いている所がございます」

「竹千代、見に行くか？」

「はい」と、すんなり濃姫から離れ嬉しそうに歩き出す。

「やっと離れたよ」濃姫と目を合わせて笑う信長。


少し離れた廊下でその様子を見ていた土田御前が「人質に武術を教えるなど何と愚《おろ》かしいことを、世の常を知らぬうつけ者が・・」と吐き捨てるようにつぶやく。


春の日差しが柔らかく差し込む東屋《あずまや》の椅子《いす》に座る三人。

東屋のまわりには桜の花が満開に咲いている。

「こんなところがあったのか?よく知っているなぁ～、濃姫」

「侍女《じじょ》と散歩をしていて見つけました」

「ここは平和だなぁ～、ここにいると戦の世の中が嘘《うそ》みたいだ」

濃姫にもらった飴《あめ》をほおばりながら花を覗《のぞ》き込んで見ている竹千代に向かって
「なぁ、竹千代」

竹千代、何事かと信長を振り返る。「はい」

「竹千代は、母上が恋しいか？」

下を向いてしまう竹千代。

「恋しいよなぁ～、こんなに幼い身の上で母と離れて暮らさなければいけないなんて」

濃姫もうなずき「本当に・・」と竹千代を優しく見る。


「竹千代、あのネコが見えるか？」

ネコ？と探す竹千代。

「やっぱり俺にしか見えないんだよなぁ～、なぁ、さくや」

「さくや？そのネコの名前？」

「信長さまにだけ見えて、信長さまだけ話ができるそうじゃ」


竹千代、不思議そうに信長と濃姫を見る。

「小さな頃から一緒にいてくれて、俺にいろんなことを教えてくれるんだ」

「そのネコ？しゃべるの？」

「ネコだけじゃない、時には鷹になったりリスになったり、姿を変えるんだ」

竹千代まったく意味が分からない。

「さくやは、自分は宙人《そらびと》だと言うんだ」

「宙人？」

「夜になったら空にたくさん星が見えるだろ、その中のひとつの星から話しかけているらしい」

「星がしゃべるの？」

「星がしゃべっているのか、ネコがしゃべっているのか俺にも分からない。でも、頭の中に聞こえてくるんだ」

濃姫も不思議そうに「なぜネコや鷹やリスの姿に？」

「さくやは姿を持っていないらしい。だから、俺が知っているネコや鷹やリスの姿を模して俺に見えるようにしているそうだ。幻《まぼろし》のようなものだそうだ」

竹千代、二人の会話を不思議そうに聞いている。

その前で信長にしか見えないネコが優雅にしっぽを揺らして三人を見ている。


「俺がうつけに見えるか？竹千代」

竹千代、頭をブンブン振りながら「私は兄《あに》さまが大好きです」

信長笑って竹千代の頭を撫でながら、

「昔、この国ができるずっとずっと前に、武士だとか百姓だとか身分などない、もちろん戦もなく、みんなで平和に楽しく暮らしている人々がいたそうだ」

――早馬に蹴られて倒れる新吉、それを取り巻く人々――


泣き叫ぶ吉法師「どうしてだ、どうして」

泣き叫ぶ吉法師のそばにいるネコ。

「さくや、どうしてなんだ、武士って何なんだ？

どうして百姓は殺されても何も言えないんだ？　おかしいじゃないか？」

「それが世の常だからよ」

「さくやまで、そんなことを言うのか？」

「今はそういう世の中なのよ」

「人の命、みんな同じじゃないのか？　武士と百姓何が違うんだ？」

「同じよ、でも、今の世の中の人は、それを忘れてしまったの」

「忘れた?何を?どういうことだ?」

「思い出しなさい」

「思い出す?何のことだよ」

「昔、今よりずっとずっと昔、今とはまったく違う世の中があったこと」

「そんな昔の話、俺が知ってるわけないじゃないか」

「あなたは記憶を持ってきている」

「訳が分からないよ、何を言ってるんだよ」

「じゃあ、思い出すために連れて行ってあげるわ、来て」

「どこに?」


目の前に透明《とうめい》の渦《うず》のようなものが出てくる。

「なにこれ?」

「時間の膜《まく》よ」

「時間の膜?何それ?え、時間って時のこと?」

「そう、この膜を通り抜けると今とは違う時に行くことができるの」

「今とは違う時?今とは違う時?え?」

「吉法師が生まれていない昔にも行けるし、吉法師が死んだ後の世界にも行けるってこと」

「死んだ後?」

「吉法師の子どもやその子ども、孫達が暮らす時にも行けるの」

「ちょっと待ってよ、まったく意味が分からないよ」

「いいから、ついて来て、ついて来れば分かるから」


ネコ、その壁《かべ》を通り抜けようとする。

「え?ちょっと?何これ?えっ?ちょっと待って」

怖々《こわごわ》ながら吉法師も壁を通り抜ける。と、そこには見たこともないような光景が・・

吉法師、あたりを見回す。見慣れない服を着た人々が楽しそうに歩いている。

「ここはどこ?」

「ここはずっとずっと昔の世の中。後の時代の人達からは縄文人《じょうもんじん》と呼ばれているわ」

「縄文人?誰それ?」

「吉法師が生まれる前のもっともっとずっと前にこのあたりに住んでいた人々のこと」

「俺ここにどうやって来られたの？」

「時間には膜があるの、その膜を通り抜けることでいろんな時間へ飛ぶことができるのよ」

「あ、今あの人と目が合ったんだけど、何もなかったように行っちゃったよ。俺身体ある？

時間の膜を通って身体がなくなっちゃった？死んじゃったの？」

「あの人達から、あなたが見えないだけだから安心して」

「見えないってどういうこと？身体があるのに見えないの？」

「時間の膜を通って来た人は、そこの人じゃないから見えないの」

「宙人はそんなこともできるのか？」

「あなた達よりちょっといろんなことを知っているだけよ」


そこにはたくさんの人々が、それぞれ好き勝手にいろいろなことをしている。

日陰で涼みながら昼寝をしている者、おしゃべりに夢中な者、子ども達と遊んでいる者、木から果物をもいで食べている者、釣りをしている者・・

みんなそれぞれ楽しそうにしている。

「田んぼは？畑は？百姓達はいないの？」

「田んぼも畑もないわ、百姓と呼ばれる人達もいない」

「百姓がいない？じゃあ、誰が米や野菜を作ってるの？」

「誰も作ってない」

「誰も作らなきゃ、食べ物がなくて侍は困るよ」

「侍もいない」

「侍がいなけりゃ誰が戦をするの？誰がこの土地を治めるの？」

「戦もないし、この土地を治めている人もいない、みんな同じなの」

「みんな同じってどういうこと？」

「偉い人もいないし、偉くない人もいない。身分というものがないの。百姓もいないし、侍もいないし、殿さまもいないし、家臣もいない。そして、ここで獲れる物は、すべてみんなの物」

「すべてみんなの物？」

「ちょっと見ていてごらん・・」

果物や木の実で山盛りになった大きな籠《かご》のような物を持っている女の人が近づいてくる。まわりに集まって来た数人が「たくさん獲れたねぇ～」などと言いながら勝手に籠の中に手を突っ込み取っていく。女性も取られるままにして何も言わない。

魚をたくさん抱えた人も「今日はたくさん獲れたぞ」と言いながら人々のいる所に近づく。今まで子ども達と遊んでいた人や日陰で昼寝をしていた人が「焼いて食べよう」と言いながら、これも勝手に取っていく。火をおこし魚や野菜などを焼いている人がいる。そこでも焼けたそばから何も手伝っていない人が来て、勝手に取ってそれぞれに食べている。

「怒らないの？」

「誰が？どうして？」

「だって、自分が獲ってきた物を何もしていない人が勝手に取っていったら怒るでしょ？」

「この人達には、自分の物だっていう考えはないの。自分が獲ってきた物でもそれはみんなの物なの」

「それじゃあ、何もしなくてもいいの？何もしないのに人が持っている物を勝手に食べたりしていいの？」

「今日は何もしなかっただけかもしれないでしょ、ずっと何もしない人はいないわ。今日は何もしなかったけど、明日は魚を獲りに行くかもしれないし、野菜や果物を獲りに行くかもしれない。今日獲りに行った人が明日は何もしないかもしれない。気が向けばするし気が向かなければしない。気が向いた人が気が向いたことだけをしていればいいの。それで誰も困らないのよ」

ネコの話を聞きながら、不思議そうにあたりを見回し
「そう言えば、家はどこにあるの?みんなどこに住んでいるの?」

「家ねぇ〜、あなた達が住んでいるような家はないわ、家は作らないの」

「どうして?じゃあ、どこに住んでいるの?」

「彼らは、自然を大切にしているから自分達のために建物を作ろうとはしないのよ。自然の中で住めそうな洞窟《どうくつ》や大きな木の根の穴などで寝たりしているの」

「田んぼも畑もなくて、家もないって・・それって動物と同じじゃないの?犬とか森に棲《す》む動物達と同じ生活だよね?人間の生活じゃないよ」

「彼らは自然を大切にして、自然と共に生きているだけなの。でも、動物のような生活ではないのよ。彼らには文明はある。それがあなた達の文明とは違うだけのこと」

「文明って何?」

「そうね、すごく簡単に説明すると、いろんな物を作ったりすることって言えば分かるかしら?」

「でも、この人達は家も作らないんでしょ?それって文明がないってことじゃないの?」

「彼らはあなた達とはちょっと違った文明を持っていたの。吉法師には難しいかもしれないけど価値観《かちかん》が違うのよ。私たち宙人と仲良しだから、

あなた達とは違う文明を持っていたって言えば分かる？」

「宙人と仲良し？ さくやも仲良しだったの？」

「そうよ、たくさんいろんな話をしたし、私たち宙人が持っている知識も彼らに教えていた」

「じゃ、時間の膜も知っていたの？」

「そうね、知っていたわ、でも、ほとんど使わなかったけど」

「どうして？」

「使う必要がなかったから・・かな。彼らはね、自然の中でゆったりと過ごすことが好きだったの、器《うつわ》を作ったり、宙人の姿を土で作ったりすることが好きで、よく作って遊んでいたわ。それにはすごく難しい技術が必要だったけど、とても丈夫で美しかったのよ。吉法師の時代の技術でもそれはできないし、すごく後の時代の人達さえ作ることができないくらいの技術を持っていたの。初めてその器を見た人達は、その美しさと丈夫さにとても驚いていたわ。だから文明はあったのよ、原始的な生活をしていたわけじゃないの。そして、みんなとっても仲良しだった。吉法師の時代の国とは違うけど、みんなが仲良く暮らす国のようなものがあったの」

「仲良しでも、ケンカはするでしょ？ ケンカした時は偉い人がいなきゃ困るでしょ？

国って偉い人が治めるものだから、そういう時はどうするの？」

「そうねぇ、この人達はケンカすることがないからねぇ」

「ケンカすることがないの？どうして？」

「ケンカって何だと思う？ケンカってどうして起きると思う？」

「ケンカ？」


好きなように好きな物を食べてお腹がいっぱいになった人達が集まり始める。

歌を歌い出す者、木の棒でその歌に合わせて拍子《ひょうし》をとる者、その歌とリズムに合わせて踊り出す者、踊る姿を見て笑っている者、みんな楽しそうにしている。

少し離れて静かに空を眺《なが》めている人もいる。

おどけて見せる男達を見て女達は大笑いしている。

「男の子達はみんな女の子の笑顔が大好きなの。男の子だけじゃなく、子ども達も女の子達が笑っているのが一番好きなの、女の子達が笑っていればみんな楽しくなるのよ」

「楽しそうだなぁ～、みんなすごく楽しそうに笑ってる。いいなぁ～、人が笑ってるって。そう言えば、俺のまわりの大人達は笑ってないや。父上も母上も、家臣達も侍女達も、百姓達も、いつも怖い顔しててこんな風に楽しそうにみんなで笑ってるの見たことない。どうやったら俺のまわりもこんなに楽しく笑えるようになるんだろう……

こんな世の中だったら新吉みたいなことは起きないんだろうな。

あんなことはもうたくさんだ」


「そうね、じゃあ、ケンカってどうやって始まるかを教えてあげるわ」

また時間の膜を通り抜けようとするネコに急いでついていく吉法師。


まわりを見回したが、景色はそんなに変わっていない。

「ここは?この人達は、さっきと同じ縄文人?」

「ちょっと時間を早めるわね」という言葉と同時に目の前の景色がどんどん変わっていく。

しばらく早回しのような景色にあっけにとられていると縄文人と違う感じの人達が光景に入ってくる。

「あの人達は誰?」

「大陸といわれる所から海を渡って来た別の民族の人達、後の人達からは弥生人《やよいじん》と呼ばれているわ」

「一緒に暮らしているの?その大陸から来た人達と縄文人は?その人達が自分達の土地に勝手に入

って来てイヤだと思わなかったの？今なら戦になるよね」

「さっきも話をしたけど、縄文人は土地も何もかもすべてみんなの物だと思っていたから誰が来ても何も思わないの、一緒に仲良く住みましょうって思うだけ・・

もう少し早めるわね」

また時間が早回しになっていくにつれ弥生人の数がどんどん景色の中に増えていく。

あまりにたくさん増えていく弥生人に驚く吉法師の耳に
「入ってくるな、ここは俺の土地だ」という声が聞こえてくる。

「ねぇ、自分達の土地だって言ってるよ、どういうこと？」

「大陸の人達はね、縄文人と考え方が大きく違ったの。縄文人が持っていなかった〝自分の物〟っていう考え方を持っていたの」

「自分の物？」

「そう、これは自分の物、これは他の人の物って分けて考えるの」

「土地も？」

「そう、縄文人達が暮らしていた土地をだんだん自分達の土地だと主張し始めたの」

「後から来たのに？」

「そうね、考え方の違いだから仕方ないんだけど自分の土地だから入って来てはいけない、そこで

できた作物、獲れた物を持っていってはいけないと言い出され
縄文人はどんどん生活ができなくなっていった」

「で、どうしたの？」

「まだ弥生人が少なかった土地に移って行ったわ、北と南に分かれてね」

「ひどいなぁ～」

「ここからケンカが起きてきて、身分ができてきたの、・・次行くわよ、ついて来て」


ネコ、また膜を抜ける、ついていく吉法師。

地面を掘ったり、土を運んだりする人々を「怠けるんじゃない、さっさとしろ」と
叱咤《しった》する人がいる。

その先には、高台の椅子に座って偉そうに人々を見下ろしている人達がいる。

高台からは前方後円墳《ぜんぽうこうえんふん》が見える。

縄文の頃とはあまりに違う風景に驚き「何をしているの？」

「お墓を作っているの」

「墓？·誰の？」

「あそこで見ている人」

「あれは?殿さま?」

「そうね、呼び方は違うけど、この時代の偉い人ね」

「生きているのに?どうしてお墓を、それもこんなに大きなお墓を作るの?」

「どれだけ自分が偉いか、人々に見せつけるため」

「意味が分からないや」

「縄文人がいなくなって弥生人の世の中になった後、土地の取り合いが始まったの。土地をたくさん持っている人の方が強い権力を持つことができる」

「権力って?」

「人々を自分の好きなようにすることができる力」


吉法師、高台に座っている人を見る。

「土地を持って、富を得て、権力を持つと自分だけが偉いと思い込んでしまう。だから、他の人を自分の持ち物のように思って何をしてもいいと勘違《かんちが》いしてしまうの」

「そんなのひどいよ」

「吉法師の知っている戦ばかりの世の中は、ここから始まっているの」

「侍の方が百姓より偉いって?」

「そう」

「でも、ここには侍はいないよ」

「ここは豪族《ごうぞく》と呼ばれる人達が治めている大和という時代だから、まだ侍はいないの」

「大和？」

「さ、次に行くわよ」


優雅に蹴鞠《けまり》などをして遊んでいる貴族が屋敷の庭に作った川に舟を流したりしている。


「この人達は何をしているの？」

「ここは貴族と呼ばれる人達の世の中。一応土地の取り合いはなくなって戦もあまりしなくなってる」

「じゃあ、平和な世の中なんだね」

「そうね、権力者達にとっては平和と言ってもいいかしらね」

「他の人達は？」


ネコが何もない所に目をやると浮き出るかのように別の景色が見えてくる。

そこには庶民達が忙しく働いていたり、百姓達が汗を流しながら田畑を耕している姿が映し出される。

「この人達がこうして働いているから権力者達は優雅に遊んで暮らせるの」

「この人達が働いてできたものを遊んでいる人が持っていくってこと？」

「そうね、遊んでいる人達の土地で獲れた作物や作られた物は、その人達の物って思われているから。そして、その土地で暮らす人達さえ貴族の物とされたの」

「人まで、物？」

「そう、それが身分制度なのよ」

ネコがまたスッと目線を変えると
刀のようなものを持って戦っている人達の姿が現れる。

「あれは？」

「貴族を守る役目の人達、仕えている貴族の土地を他の貴族達に取られないように彼らが戦って守っているの」

「何もしないで遊んでいる人達のために戦うの？」

「そうね、だから、少しずつその人達が不満に思うようになってきた。戦う自分達の方が強いなら貴族の人達の土地を奪ってもいいんじゃないかって思う人達も出てきた」

「そうなんだ・・」

「次行くわよ」

そこはかなり見慣れた風景。

見慣れた姿の侍達が戦っている。

「ここは?」

「吉法師の生まれるちょっと前の世の中」

「この人達は、侍?」

「さっきの貴族のために戦っていた人達が、自分達も権力が欲しいと思って貴族の土地を奪い侍の世の中になっていった頃ね」

「ここで一番強い人は誰?」

「まだいない。だから、たくさん戦が起きてるの、少しでもたくさんの土地を手に入れるために、いろんな人が戦っている」

「土地の取り合い、権力の取り合い。自分達のためだけの戦い」

吉法師、戦っている人達を見ると百姓のような人もいる。

「ここでも百姓が戦に連れてこられているの？」

「この人達にとって百姓は戦いの道具、数が多い方が戦いに有利だからね」

「ひどいよ、自分のために戦っているのに」

「そういう世の中になってしまったの、これが吉法師の知っている今の世の中、土地や作物などを自分の物だって言い張って、自分の方が正しい、自分の方が権力があるって争い合っているだけのこと、戦っていうのはそういうつまらないケンカだってことなのよ」


「これがさくやに教えてもらった話だ。

豪族、貴族、侍達が権力を欲しがって戦ってきただけの歴史。

そのためにたくさんの人達がひどい目にあってきた」

信長と濃姫の真剣な顔を覗き込む竹千代。

「弥助が言っていたことは本当だ」

――「侍がどんだけ偉いんだ？ お前ら侍は何も作れないじゃないか？ 誰のおかげで米や野菜が食えると思ってんだ。百姓が田んぼを耕すからだろうが、そんなことも分からず、くだらない戦ばかりしやがって」――

「俺は戦いのない世の中を創りたい、縄文人のような世の中を創りたい。だから、権力の取り合いだけのために戦が繰り返されるような時代を終わらせる」

自分に言い聞かせるように「俺は、天下を取る、濃姫」

「はい」

「母と離れ離れに暮らさなければいけない子どもがいない世の中、良いと思わないか？ 竹千代、お前にも一緒に手伝って欲しい」

竹千代、信長の目をしっかりと見て「兄さま、私もそのような世の中で暮らしたいです」

「で、信長さま、どのようにして天下を取るのですか？」

「分からない」

「なんと、また」

「今から考えるよ」

その言葉を聞いて声を出して笑う濃姫、その笑顔に嬉しくなって笑う竹千代。

ついつい自分もおかしくなって笑い出す信長。

三人の様子を少し離れた所で無表情で眺めている光秀の姿があった。

第六章

鬼の誕生

――四年後――


乱暴に早馬が走って来る、その後にも何頭かの早馬がついてくる。

先頭を走る早馬に乗るのは、柴田勝家《しばたかついえ》。

清洲城《きよすじょう》のりっぱな門を駆《か》け抜ける。


「何事じゃ、勝家」

「信秀さま、ご逝去《せいきょ》にございます」

「いつじゃ？」

「昨日の未明に」

「ならば、信秀の後継ぎを急ぎ決めなければならぬな」

「は、」

「信行じゃ、信行にする」

「しかし、信長さまがいらっしゃいます」

「あれはうつけじゃ、頭領の器ではない」

「は、」

「任せたぞ、勝家」

「は、」

「信行ならば、儂の手のひらよ」

不遜《ふそん》に笑う信友の顔を見て、下を向き苦い顔をする勝家。


泣いている土田御前。目の前には信秀が使っていた文箱《ふばこ》などが置いてある。

「このようなことになるとは」

「まことにございます」

「勝家、この後、私はどうなる?」

「まずは、後継ぎの問題がございます」

「その話だが」

「は、」勝家、またか、という顔をする。

「お前に頼みがあるのだが」

勝家には土田御前が次に言う言葉におおよその見当はついていたが、自分から口を開くことはせず土田御前が話を始めるのをじっと待っている。

何も言わない勝家に業《ごう》を煮《に》やし「信行を推《お》してはもらえないか？」

「しかし、信長さまが嫡男にございます」

「分かっておる、分かった上で頼んでおるのじゃ」

「嫡男の信長さまを差し置いて、信行さまを後継ぎにするにはそれなりの理由が必要となります。皆が納得《なっとく》する理由がなくては無理にございます」

土田御前、しばらく黙って聞いていたが意を決したように
「信長がいなくなればいいのでは」

勝家、まじまじと土田御前の顔を見ながら「あなたさまのお子でございますよ」

「信長はいらん、信行がおればいい」

「御前さま」

「信長が邪魔《じゃま》なら殺しても構わん。頼む勝家、この通りじゃ」

じっと土田御前を見続ける勝家であった。


縁側に座り考え込む信長の後ろ姿に濃姫が声をかける。

「信長さま、どうなされました？」

「父上が突然亡くなられて、家臣達がかなり動揺している」

「そうですね」

「その上に清洲の信友さまの動きも」

「信友さまですか？」

「信友さまが、勝家に後継ぎを信行にするように話したそうだ」

「どうしてそれを？」

「勝家とともに信友さまにお会いした家臣が教えてくれた」

「勝家は？なんと？」

「勝家は信友さまには逆らえない」

「でも、勝家の一存でどうなるものでもないのでは？」

「信友さまだけでなく、母上もきっとそのように考えておられるだろうな」

「しかし、嫡男は信長さまにございます。信長さまを後継ぎにと父上さまもおっしゃっておられたではありませんか？」

「だけど、その父上は亡くなられた。信友さまや母上、そして勝家のような力のある後見人《こうけんにん》は俺にはいないからなぁ～」

「では、信行さまに後継ぎを譲《ゆず》られると？」

「信行なら家臣達も納得するだろう？俺は家臣達に評判が悪いから」

信長、自虐《じぎゃくてき》的な笑みを濃姫に向かって見せる。

「それで？信長さまは、それで良いのでございますか？」

「だって」

「天下を取るのではなかったのですか？あの言葉は嘘でしたか？」

「俺が織田の頭領になると言えば、信友さまと戦になる。俺は誰とも争いたくないんだ」

「なんと情けないことを、濃は情けなくて涙が出てまいります」

その濃姫から目を背け、さも良いことを思いついたかのように
「そうだ、信行が頭領になって、俺はその補佐となって二人で天下を取りにいけばいい」

「天下を取って平和な国を創るというのは、誰の夢ですか？信行さまですか？」

濃姫に問い詰められ、絞《しぼ》り出すように「俺の、夢、だ」

「ならば、ご自分で夢を叶えなさい」

「俺は、平和な国を創りたい。でも、平和のために戦をするのは矛盾《むじゅん》していないか？」

「ならば他に何か方法でもあるのですか？」

「ない、でも戦をすれば、また関係のない百姓達を巻き込むことになる。

また人が傷つき泣くものが出てくる。それでいいのか?」

「信長さまが天下を取らなければ、この国を治めなければ平和な国は創れません。

そうではないですか?」

「戦のない平和な国を創るために戦をする、しかないのか?なぁ、さくや」

と寝っ転がる信長のちょっと先にネコがいる。

ネコ、信長の頭の上から見つめている。

「ちぇっ、こういう時は、何も教えてくれないんだな」

恨《うら》めしそうにこぼす信長の頬《ほほ》に通り過ぎざまペシッとネコパンチをくらわし
「自分で考えなさい」

「痛いなぁ〜、何だよ」ふて腐《くさ》れる信長。

「どんなに泣き言を言ってもいい、だが逃げるな・・

そう竹千代に言っていたのは、どなたさまですか?」

「なんだよ、二人して」

信長、考え込む。

(俺がこの国を治めなければ、この国はいつまでも権力争いの戦が終わらない。

どうすればいい?考えろ。考えろ)

しばらく経ってネコが口を開く。

「最低限の戦だけでいいようにすればいいんじゃない？」

「最低限の戦？ さくや、それはどういうこと？」

「どうしてもしなければいけない戦だけするということ」

「どうしてもしなければいけない戦？」

「考えなさい、必ず手はある」

（考えろ、考えろ）

しばらく考え込んでいた信長が突然大きな声で笑い始める。
「分かった、そうかぁ～、信行を殺せばいいんだ。なんだ簡単じゃないか」
その言葉に大きく目を見開き、信長の顔をただ見つめている濃姫に向かって
「簡単だよ、濃姫、俺が鬼になればいいんだ。そうだ、鬼になればいいんだ」

――数日後――

庭に面した部屋の中、信長と信行が声を荒だてながら言い争っている。

部屋には御簾《みす》がかけられ、その内側に衝立《ついたて》があるので二人の姿はよく見えない。


「どういうことだ、信行」

「どうもこうも言葉通りにございます」

「私を差し置いて、お前が織田の頭領になると」

「はい」

「私が嫡男だ、立場をわきまえろ」

「信友さまも母上もそのようにとおっしゃっておられます」


二人とも興奮《こうふん》し立ち上がりどんどん声が大きくなっていく。

その声に驚いて家臣達が庭に集まってくる。

庭に集まった家臣達の目には御簾の内側の二人のシルエットしか見えていない。

そのシルエットも衝立によって胸から下は見えない。

突然のことに何が起きているのか分からず、あまりの剣幕《けんまく》で怒鳴り合う二人の仲裁《ちゅうさい》に入ることもできず、ただおろおろしながら状況を見守るしかない。

「兄上は頭領の器ではないと誰もが思うております」

「器でないとはどういう意味じゃ、言うてみい」

「皆のものが兄上をうつけと呼んでいるのをご存じないのか？」

「それ以上言うと許さんぞ」

その言葉に信行の顔には粗暴《そぼう》な表情が浮かびガラリと態度が変わる。

「フッ、本当のことだろうが。うつけに何ができる？」

「何！」

「うつけに家臣など誰もついては来ないぞ、ひとりで何ができる」

信長の顔が怒りでみるみるうちに赤くなっていく。

「皆に聞くがいい、どちらが頭領にふさわしいか。さあ、そこで聞いている家臣達に聞いてみればいい。さぁ、さぁ、ほら、どうした?怖くて聞けないか？」

「黙れ」

「このうつけが」

「黙れ」

庭の家臣達、ざわざわと騒ぎ出す。

信行が家臣達に向かって大きな声で、

「それ、そこの家臣ども、お前達もこのうつけに何とか言ってやれ」

「許さん」

「許さん?·ふん?·うつけに許してもらおうなどとは思うておらんわ」

信長は奇声を発し刀を抜いて信行に向かって振り下ろす。

御簾に血が飛び散り、信行が衝立の向こうに倒れる。

信長はもう一度大声を上げながら刀を振り下ろした後、手に何かを持って立ち上がる。

「首か?·」「首だ、あれは信行さまの首じゃ」「なんと恐ろしいことを」「鬼じゃ」などと家臣達はその光景を見ながら震えている。

信長は、血のついた刀を持つ右手を大きく振りかざし、左手には首を持ち狂ったかのように笑い続けている。


土田御前が半狂乱《はんきょうらん》のように泣いている。急いで入ってくる勝家。

土田御前、勝家の足にしがみつき「狂っておる、やっぱり信長は狂っておるわ」

「まさかここまでなさるとは」

「怖ろしい、なんと怖ろしい子じゃ」

勝家、土田御前に手を貸し座りなおさせ自分も土田御前の前に座る。

「落ち着かれませ」

「これが落ち着いておられようか、これからどうなる?織田はどうなるのじゃ?」

「信長さまが織田の頭領に」

「ならぬ、絶対にならぬ、あのような恐ろしいうつけを織田の頭領などにしたら
織田はつぶれてしまうわ」

「しかし、信長さまが嫡男。

そして、信行さまは信長さまに反旗を翻したかどで成敗《せいばい》された・・

それが世の見方にございます」

「それは、しかし、何とかならないか?」

勝家、何も言えない。

「そうじゃ、主《ぬし》がなれ。主は亡き殿、信秀さまの重鎮《じゅうちん》、主なら家臣も納得しよう」

「それは無理にございます。今回のことで家臣達は信長さまを怖れております。

これ以上信長さまに楯突《たてつ》く者はおりません」

「ならば、殺せ、信長を殺して勝家、主が頭領になるのじゃ」

「もう諦《あきら》めなさいませ。もうどうにもなりませぬ」

「私は、私はどうなる?」

「信長さまは、御前が信行さまを立て、信長さまを排除《はいじょ》されようとしたことをご存じです」

「信長にとって私は母、母まで殺したりはしないよな、勝家」

「亡き殿の御霊《みたま》をお守りするのが良いかと思われます」

「私に仏門《ぶつもん》に入れというのか？」

「それが良いかと」

がっくりと肩を落とす土田御前。


那古野城の門外《もんがい》で源太が門番ともみ合っている。

「通してくれよ」

「百姓が来る所ではない」

「どうしても信長さまに伝えなきゃいけないことがあるんだ」

「帰れ」

「頼むよ、じゃあ、信長さまを連れて来てくれよ」

「帰れ」

源太、門番に押さえられながらも大声で中に向かって叫ぶ。

「信長さまぁ〜、信長さまぁ〜〜」

「うるさい、こうしてくれるわ」と門番が源太を突き飛ばす。

源太、突き飛ばされ転んでもまだ中に向かって叫び続ける。

そこに光秀が通りかかる。

「お侍さん、信長さまに合わせてくれよ、頼むよ」

光秀が源太の必死の形相《ぎょうそう》を見て門番に目配《めくば》せをする。

門番達は光秀の目配せで道をあけると光秀は源太について来いと合図をする。

源太は光秀について門をくぐり急いで城の中に入っていく。


城の廊下を信長の部屋に向かって急ぐ光秀と源太。信長の部屋に着き、

「ご友人をお連れいたしました」と光秀が中に向かって声をかける。

「友人？」

「俺だよ、源太だよ」

「源太?·どうしてここに？」といぶかりながら障子をあけ源太を中に通す。

源太入るなり「弥助が」

光秀は外に待機《たいき》している。

「弥助がどうした？」

「一揆《いっき》を起こすと息巻いて百姓を集めている」

「どうしてそんなことに？」

「信長さまが信行さまを殺したって聞いて、信長を許さないって」

「なぜ？」

「信長だけは違うと思っていたのに結局は他の奴らと同じだったって。

自分の権力のために弟まで殺すような信長は俺が許さねぇって」

「そうか」

「そうか・・じゃないよ。弥助は本気だよ。あいつなら百姓をいくらでも集められる」

「源太、頼みがある」

「何？」

「弥助と話がしたい」

「どうする？」

「今日の夜、いつも新吉達と相撲を取っていた場所で待ってると伝えてくれ」

「でかい木のある所だね？」

「そう、月が頭の上に来る頃にそこで待ってると」

「何とか話をつけてみる」

「俺はひとりで行くと伝えてくれ」

「分かった」

源太、部屋を出ていく。


夜になりそっとひとりで出かけようとする信長に濃姫が声をかける。

「行かれるのですか?」

その声に振り向き「知っていたのか?弥助にちゃんと話しておきたい」

「おひとりでは危のうございます。どなたかお付きの者を」

「ひとりで行く。そうでなければ信用はしてもらえない。源太もいるし大丈夫だ」

心配そうな顔を見せまいと気丈《きじょう》に「お気をつけなさいまし」と信長に返すが、
信長が出ていったのを確認した後、後ろに控えていた光秀に目で合図する。

「は、」光秀は信長に悟られないように信長の後をつけていく。

夜空に丸くぽっかりと穴があいたように光る満月の下に大きな木がそびえ立っている。

その木の近くに立っている信長に弥助が暗闇から声をかける。

「信長、ひとりか？」

「そうだ」

弥助と源太が暗闇から出て来る。

「源太から聞いた、少し話がしたい」

「弟を殺してまで頭領になりたいか？信長」

「そのことだが」と信長が話をし始めると、木の陰からひとりの男が現れる。

「裏切ったな、信長」と身構える弥助に
「信行だ」

「信行？」

「弟の信行だよ」

弥助、源太、意味が分からない。

「俺が殺した信行だ」

「殺した？死んでる？幽霊《ゆうれい》か？」

ちょっとパニックになる弥助と源太を見て笑いながら

「幽霊じゃない、生きている」

信行も二人を見て笑っている。

「どういうことだ？」

「俺は弟を殺してはいない。信行という名前を殺したんだ」

「さっぱり意味が分からないぞ」

「だから、会って話がしたかった」

信長、信行、ゆっくり話そうと地面に座る。その前に弥助と源太もシブシブ座る。

「今回のことは、信行と相談して決めたことだ」

「相談して決めた？なんで？」

「無駄な戦をしないために」


——庭に面した部屋の中、信長と信行が声を荒だてながら言い争っている。——

部屋には御簾がかけられ、その内側に衝立があるので庭からは二人の姿はよく見えない。

視点変わって衝立の内側では、二人の足元に濃姫が潜んでいる。

結構ギュウギュウ詰めの中、濃姫の手元には赤い液体の入った桶《おけ》と手には水鉄砲。


「もう許さん」

「許さん?うつけに許してもらおうなどとは思うておらんわ」


信行の目配せを合図に信長が刀を振り下ろした瞬間、信行は衝立に隠れ桶に入っている赤い液体を顔にたっぷり塗りつける。

その横で濃姫が用意していた水鉄砲から液体をあちこちにまき散らす。

何度も水鉄砲に液体を入れ何度もまき散らす。

そして、信長はさも首を打ち取ったかのように信行の髪を持ち上げる。

信行は中腰で衝立からは頭だけが出るように調整する。

御簾にはたっぷりと赤い液体がかかり信行の顔もまわりも真っ赤な上にあまりのことに動転した家臣達には本当に首を切って持っているように見える。

その間も信長と信行に液体を振りかけ続ける濃姫。

濃姫に液体をかけられながら信長は鬼のような形相を作り狂ったように大声で笑い続ける。

――それを見ている家臣達は口々に「鬼じゃ」とつぶやき震え上がる――


信長は恥ずかしそうに笑いながら「・・というわけだ」

「すっげなぁ～、面白いことを考えたなぁ～」と感心しながらも
その三人の光景を想像して笑う源太。

「笑い事じゃない、こっちはばれないかとヒヤヒヤしたんだぞ」

弥助はまだ渋い顔で「で、なんでそんなことになってるんだ？」

「父上が亡くなって、父上の上司である信友さまと母上が
次の頭領を信行にすると言い出した」

「でも、次の頭領は嫡男のお前が継ぐのが道理だろう？」

「俺はうつけだからなぁ～・・その上頑固者《がんこもの》だ、人の言う通りには動かない」

「確かに」とフッと笑い納得する弥助にちょっとムッとしながらも
「だから、信友さまは信行を頭領にした方が織田をのみ込みやすいと思ったんだ」

「のみ込む？」

「織田の領地をそのままご自分の領地にしてしまおうと思われた」

「そういうことか」

「もし、俺が頭領になると主張したら、信友さまと対立することになり戦をしなければいけなくなる」

信長の話に横でうなずく信行。

「戦にならないで頭領になるにはどうすればいいかを考えた。

そして信行に死んでもらうことにしたんだよ」

弥助が信行の顔をしっかりと見つめ「お前はそれでいいのか?」

「俺は兄さまの方が頭領にふさわしいと思っている。俺は器が小さい、頭領の器ではない」

「そう思えるお前は、俺にはじゅうぶん器がデカイと思うけどな」

「兄さまには遠く及ばない」

「ほおぉ〜、信長、良い弟を持ったな。

で、当の信行が死ねば、その信友とかいう奴も何もできない、そういうことか」

「分かってくれたか?」

「それは分かったけど、どうしてそこまでして頭領になりたいんだ?権力が欲しいか?」

「俺は、この国を戦のない平和な国にしたい。百姓が安心して暮らせる国にしたい。

そのためにはこの国を治めなければいけない」

「そのために、まず織田の頭領に?」

「そうだ」

「百姓が安心して暮らせる国か・・いいな」

「そうだろ?それを俺が創る」

「でも、戦はするんだろ?」

「なんとか戦をしないでいい方法を考える。

でも、しなければいけない戦も出て来るだろう」

「目的は何だろうが、戦になるとまた百姓が泣く」

「そこだ、そこで考えがある」

「どうする?」

「戦だけをする軍を作る」

「軍?」

「百姓は戦には駆り出さない」

「侍だけで戦うのか?」

「さすがにそれだけでは数が足りない。

そこで百姓の中から戦に行ってもいいと思う者を募《つの》る」

「百姓の中から戦だけをする人間を募るというのか?」

「百姓をやめて戦人《いくさびと》として戦ってもらう」

「戦だけをしても食べてはいけないぞ」

「給金《きゅうきん》を出す」

「給金を出す？」

「そうだ、戦だけで生きていける、もちろん戦人として武器の使い方や戦法もみっちりと訓練する」

「なるほど、侍になりたいという百姓もいるからな、声をかければ集まるだろう」

「弥助、力を貸してくれないか？」

「どうやって？」

「これから作る戦人の軍を率《ひき》いて欲しい」

「俺が？」

「お前は百姓達の信頼が厚い。そして、力も強い。お前にしか頼めない。どうだ？」

「信長の目的は、百姓が平和に暮らせる国を創ることなんだな？」

「そうだ、百姓が泣くことなく、侍も百姓もみんなが平等に生きていける国を創る」

じっと考え始めた弥助が口を開くのを信長、信行、源太の三人はじっと待つ。

しばらく考え「分かった、俺もやる」と答えた弥助の手を取り「良かったぁ～、ありがとう」と安堵《あんど》の声を上げた信長に対し厳しい表情で弥助が釘《くぎ》をさす。

「信長、目的を間違うなよ、目的が違ってきたらその時は、俺がお前を殺す。それでいいか？」

「ああ」

「俺は?俺には何かできないか？」

「源太には違うことを頼みたい」

そして今度は何も見えない暗闇に向かって
「光秀いるんだろう。お前も俺と一緒に歩いてくれないか？」

暗闇の中から声だけが聞こえる「は、」


那古野城の大広間に百人以上の家臣達がひれ伏している。

その前に立つ信長。

「皆も知っての通り、信行は死んだ」

家臣達、ただ黙ってひれ伏している。

「皆のもの、おもてをあげい」

怖々と顔を上げる家臣達をゆっくりと見回しながらよくとおる声で
「俺が織田の頭領となる」と高々と宣言する。

「分かっておるとは思うが、俺に楯突くものは許さん。だが、今だけは許す」

家臣、意味が分からないという様子でお互いの顔を見合わせる。

「俺がこの織田の頭領となることに不服がある奴は、今すぐここから立ち去れ。許す」

家臣達のザワザワが収まるのを待つように何も言わずただ立っている信長。

誰も動かない。

しばらくして膠着状態《こうちゃくじょうたい》を切り裂くように信長が叫ぶ。

「勝家」

「は、」

「お前はどうだ?」

勝家、ひれ伏し「は、殿にお仕え申し上げます」

その返事を聞き、まわりを見回す。

「皆も勝家と同じか?」

家臣達、一斉にひれ伏し「は、」と声を上げる。

それを聞き、信長は静かに勝家のそばに歩いていき勝家の耳元で小声で

「母上のことはお前に任せる、不自由のないように」

「は、」

「頼んだぞ」

「は、」

また、元の場所に戻り、「おもてをあげい」

顔を上げた家臣達に向かって力強く「俺は、天下を取る」と宣言する。

思ってもいなかったその言葉に驚き、口々に天下？·天下を取る？·などと、またお互い顔を見合わせている家臣達に向かって優しく問いかける。

「俺と同じ夢を見てくれないか？·」

驚きながらも信長の夢に対する熱い思いを受け取ったのか、家臣達の士気《しき》もどんどん上がってくる。その熱気を感じた信長は畳みかけるように「天下取りじゃ、俺について来い」

「おお〜〜」と皆が高く手を掲げ、場がひとつの空気に包まれる。

こうして信長は織田の頭領となり、

天下取りの第一歩を踏み出したのである。

第七章

道三の死

――――四年後――――


織田の頭領となった信長だが、鬼という評判が功を奏し敵対していたまわりの武将達も信長に従う様子を見せ始めていた。

その間にも弥助と源太の手を借りながら軍に力を注いでいた。


兵達の鉄砲の訓練を見ている弥助に後ろから声をかける信長。

「弥助、どうだ?鉄砲の使い方はうまくなってきたか?」

「鉄砲の命中率は上がってきたが、いかんせん時間がかかる」

「やっぱりそこか、一度撃ったあとに時間がかかり過ぎる。

そこを何とかできれば大きな戦力になるんだがな」

「筒《つつ》を掃除して火縄《ひなわ》を用意する間に相手はどんどん突っ込んでくる。その間他の兵士達が相手をしなければいけないとなると今までと同じように接近戦になって鉄砲を使う意味が半減するし、鉄砲に時間をかけている兵がもったいない」

「どうやって次に撃つための準備の時間を縮めるか・・だな」

考え込む信長と弥助に近づきながら源太が声をかける。

「弥助、また軍に入りたいっていう奴を五人ほど連れて来たんだけど、どうする？」

「会おう、どこだ？」

「向こうに待たせてるよ」

源太の指さす方へ急ぎ足で駆けていく弥助を見ながら源太に「今回はどこの村まで？」

「今回はちょっと遠出して美濃の近くの村まで行ってきた。いろいろ話も聞いてきたから弥助が帰って来たら一緒に聞いてくれ」

「助かるよ、情報はひとつでも多い方が良い。情報は戦にとっての命だからな。これからも頼むぞ、源太」

「任せときなって」と源太が胸を張るところに弥助が帰ってくる。

「この調子で集まればそこそこの軍ができるな、信長。

それにしても源太、お前の人を見る目は確かだな。良い人材が集まってくる」

「だろ？俺にまっかせなさ〜い」と軽口《かるくち》を叩く源太に「で、さっきの話だが」

「あ、そうそう、信長さま、美濃の近くの村でちょっと小耳に挟んだんだけど・・」


廊下を急ぎ足で歩いている光秀、濃姫を見つけると

「姫、少しの間お暇《ひま》を頂きたく」と小さく声をかける。

「暇？どうしたのじゃ？」

「お館さまよりお呼びがございました」

「美濃の父上から？」

「しばらくおひとりになりますが・・」

「大丈夫、信長さまがいてくださる、安心して行け」

「は、では」とまた急ぎ足で離れていく光秀の姿に一抹《いちまつ》の不安を感じるが、
それを打ち消すように頭を振り、胸を張り歩き出す濃姫。

急ぎ駆けつけた光秀に向かって道三は笑いながら
「そう急がんでも良かったのに」と声をかける。
その能天気《のうてんき》な言葉にホッとした表情を浮かべるが
「お館さまのお呼びでございましたので」と答える。
「何のことはない、これからのことをお前に話をしておこうと思ってな」
「は、」

「光秀、お前信長の家来になれ」

「・・・・・」

「どうした?」

「私は一生お館さまにお仕えする覚悟でございます」

「だから言っておる。儂も年じゃ、そうそう長くは生きまい。

儂は美濃を信長に託したいと思っておる」

「しかし、それでは・・」

「義龍《よしたつ》か?あやつには美濃を従える器量がない。義龍に任せるといずれはどこかにのみ込まれてし
まうだろう。信長なら美濃を尾張と一緒に大きくしていける。

信長と濃とその子に美濃を任せたい」

「は、」

「だから、お前ももう正式に信長の家臣となって濃を守ってやってくれ」

「は、」

「ということで、今話したことをこの文《ふみ》に書いておいた。

信長に渡してくれ。お前には直接話をしておきたかった」

「は、」

「これからのこと、頼んだぞ」

「は、」

突然の道三の話に胸騒ぎを覚えながら急ぎ那古野城に引き返す光秀であった。

帰って来た光秀に濃姫が不安そうな顔を見せる。

「信長さまへのお館さまからの文をお預かりしただけにございます」

「そうか、父上にはお変わりはなかったか？」

「は、」

「良かった、何事かと思ったが安心した」

「は、では、急ぎこの文を信長さまに」と言いながら急ぎ足で信長の下へ向かう光秀の後ろ姿をまだ不安が払拭《ふっしょく》できずにいる濃姫が見つめる。


銃を撃つ真似をし、その後筒を掃除し、球をこめ、火縄を用意し火をつけるという動作を何度も繰り返しながらもどうにも合点《がてん》が行かず首をかしげる信長に後ろから小さく「信長さま」と光秀が声をかける。

「どうした？」

「お館さまから文をお預かりしてまいりました」

「美濃の父上から？」

「は、」と信長に預かってきた文を渡す。

文を手にした信長はすぐに読み始めるが、
読み進むうちにどんどん険《けわ》しい顔つきになっていく。

「・・・・これは・・・・お前も聞いておるのか？」

「は、」

苦しそうな表情で考え込む信長。その前にひざまずき信長の指示を待つ光秀。

向こうから走って来る勝家。勝家の血相《けっそう》を変えた表情を見た信長と光秀に緊張が走る。

「どうした、勝家」

「謀反《むほん》にございます。美濃の義龍が謀反を起こし道三殿が討たれたとのこと」

「・・早くも心配していたことが起きたか・・」

「信長さま、すぐに挙兵《きょへい》なさいますか？」

「・・・・・・・・」

少し離れたところにネコが信長を見つめて座っている。

ネコと視線を合わせながら信長は考え続ける。（どうする？考えろ、考えろ）

ネコは何も言わず無表情に信長を見続けている。

勝家、光秀も信長を見つめている。皆に見つめられながら考え続ける信長。

その時間が永遠に続くのではないかと思われたその時、信長が口を開いた。

「挙兵はしない」

「しかし、仮にも父とお呼びする方が討たれたのでございます。

ここで挙兵しないとならば、世間からはどう思われるでしょう？」

「うつけ、腑抜《ふぬ》け、恩知らず・・そんなところか？でも俺は、報復《ほうふく》の戦はしない。

報復で動いても誰のためにもならない・・俺は、そんなことのために戦はしたくないんだ」

「でも、このままですと・・」

「それに今は美濃の現状が分からない。分からないところでむやみに動くことは得策ではない。今は情報だ、情報が欲しい。それから次の手を考える。

ただ何が起こるかは分からない、兵を出す用意だけはしておいてくれ」

「は、」

「光秀、お前はどうする？お前は美濃の義父の家臣だ。義龍を討ちたいか？」

「私はお館さま亡き後は信長さまにお仕えいたします。

濃姫をお守りするとお館さまともお約束いたしました」

「そうか、では今日から光秀は織田の家臣・・それでいいな?」

「は、」


勝家達から離れ、ひとりになった信長が苦しそうにネコに話しかける。

「どうしてだ?どうして実の父を手にかけることができる?俺には分からない」

「嫉妬《しっと》ね」

「嫉妬?」

「そう、焼きもちを焼いたの」

「誰に?自分の父上にか?」

「信長、あなたによ・・」

「俺に?え?義龍が俺に嫉妬して実の父を手にかけたのか?ますます意味が分からない」

「そこが人の感情の難しさね。道三が信長を褒《ほ》め過ぎたのよ。

実の息子である自分より他人の信長ばかりを褒める父に対して怒りの感情が湧いたの。

嫉妬から怒りに変わって、討ちたいと思う対象が信長から父親に変わっていったてことね」

――肩から大きく傷を負い崩れるように座っている道三の前に息子義龍がまだ刀を振り上げながら、すごい形相でにらんでいる。

「どうした？義龍なぜこのようなことを・・」

「俺はあんたが大っ嫌いだ、何でもかんでも信長、信長。俺にもできる。俺にも、信長と同じくらいのことはできる。分かったか」

「お前にもできたんだな・・こんな大層《たいそう》なことが・・儂はお前を見誤っておったようじゃ。やっぱり儂の子じゃ、見直したぞ、義龍、すまんかったな」

「今更もう遅いわ」と叫びまた大きく刀を振り下ろし、飛び散る血しぶきを浴びながら道三を見つめる義龍に複雑な思いが駆《か》け巡《めぐ》る――


「嫉妬、焼きもち、そんなことくらいで実の父を手にかけるのか・・」

「人はね、感情で動くの。どんなに理性的だと言われる人でも、結局は最後の判断は感情が決めるの。だから、人の感情を大切にしなさい」

「人の感情を大切にする？」

「そう、その人の思いを大切にするの。

そうすれば、信長の感情、思いも大切にしてくれるわ」

「大切にするってどうやって？」

「まず話をすること、ちゃんと向き合って話をするの。

話をすれば相手が何を思い、何を感じ、何をしたいかが分かるわ。

そして、あなたの思いを素直に正直に話すの。ちゃんと話をすればお互い分かり合える。

分かり合えることができれば、
無駄な戦をしなくてすむようになるんじゃない？」

「話をする・・か・・」


侍女達を払いひとりで部屋の中で泣いている濃姫に外から声をかける信長。

「濃姫、ちょっと話がしたいんだけど・・」

その声に急いで涙をふき、気丈な声で「どうぞ」と答える。

「挙兵はしないことにした」

「光秀に聞きました」

「濃姫は挙兵して欲しかった？父上の敵《かたき》を討って欲しかった？」

「正直な気持ちは、やはり兵は出して欲しいと思いました」

「そうだよな、でも、報復で戦はできない。憎しみの戦は憎しみの戦へと続く、そんな悪循環《あくじゅんかん》を俺は断ち切りたいと思ったんだ。戦はできるだけしたくない。戦のない平和な世界を創りたいんだ、俺は・・」

「もし、信長さまのお気持ちが分からなかったら、濃はきっと信長さまに兵をあげてください、敵討ちをしてくださいと泣いてお願いしたと思います。でも、信長さまの夢を一緒に叶えるとお約束いたしましたから、濃は・・」

グッと涙をこらえながら「兵を出してくださいとは言いません」

「ありがとう、濃姫、辛い気持ちを教えてくれてありがとう」


信長が道三の敵を討つために兵をあげてくると思い、待ち構えていた義龍であったが信長が何の動きも見せないことに戸惑《とまど》いどうしていいか分からず手をこまねいていた。

信長が動けばこれに乗じて信長の首をとり尾張ものみ込めると踏んでいたのだが、動かない信長の考えを読み切れず、かといって自ら信長に戦を仕掛けることもできず、動くに動けない状態になってしまっていた。

そんな義龍をよそ目に信長は尾張の統一を目の前に手をこまねいていた。

「美濃はしばらくこのままでいいとして尾張だよな、尾張をどうやって統一するか？

そこはどう考えればいい？さくや」

「もっと大きなところから見てみたら？」

「大きなところ？」

「信長の最終的な目的は？尾張の統一？」

「そうじゃない、尾張は足がかりにすぎない、俺はこの国を統一して戦を終わらせたい」

「っていうことは、信長は将軍になりたいの？」

「将軍？そう言われればそうだよな、将軍になればこの国を統一したとみんなに認めてもらえるようになるってことか、将軍ねぇ、考えてもみなかった。

でも、今でも将軍はいるんだよな。でも、将軍が統一しているはずなのに、どうしてこんなに戦ばかりの世の中なんだ？ん？将軍っていったい何なんだ？」

「じゃあ、見てくれれば？将軍ってどういうものか、その目で確かめてみたら？」

「そっか、じゃあ、会ってみるか・・って言ってもどうやったら会えるんだろ？

ちょこっと行って会わせてくださいなっていって簡単に会えるものじゃないだろうし・・」

「どうして？」

「だって、将軍だろ?俺とは身分が違うよ」

「もうそこからしてダメね。そんなんじゃ絶対に会えない」

「え?そこからって?どこから?どこからダメなの?」

「もうすでに気持ちが引いてるでしょ。〝将軍さま〟って考えになってる」

「だって、将軍でしょ?仮にもこの国の一番上の身分の人でしょ?」

「信長はいつから将軍の家来になったの?」

「将軍の家来?・・いや、将軍の家来じゃないよ。将軍家?に仕えた覚えはない」

「将軍という地位にはいるかもしれないけど、それはちょっと大きな国の殿さまと同じようなものじゃないの?じゃあ、信長は尾張より大きな国の殿さまには誰にでもそうやって小さくなって下《した》手《て》から会いに行くの?頭を下げて気持ちを引いて会いに行くの?」

「え?いや、そんなことはない、よね」

「そうでしょ?どうして将軍にだけ気持ちが引くの?気持ちが引けばそれが相手に伝わって下の身分として扱われる。一度でも下の身分と認識《にんしき》されてしまったらそれまでよ。

その後ずっとそのような立場に甘んじることになる。

道三と会った時のことを思い出してごらん。美濃の方が織田よりも大きな国だったけど信長は一歩も引かなかった。堂々と会って帰って来たじゃない。

だから道三は信長に一目《いちもく》を置いた」

「そっか、俺、将軍っていう名前だけで俺なんか会えない偉い人って勘違いしてた。そうだよな、俺も織田の当主、同じだ」

「この国を統一するには、そのくらいの気持ちがないとできない。気持ちを引いたらダメ。何事にも動じず、堂々としていなさい」

「何事にも動じず、堂々と・・・・・将軍に会いに行くにはどうすればいい？」

数日後、京の都に五百人の家臣を引き連れた信長の姿があった。

堂々と織田の旗を立て、京の目抜き通りをねり歩く信長の軍勢に人々は何事が始まったのかと好奇の目を向ける。その中をゆっくりと将軍足利義輝《あしかがよしてる》の居城《きょじょう》まで進んでいく。

そして、正門の前に着いた信長は馬に乗ったまま

「尾張の織田信長にございます。足利義輝さまにお会いしたく参上仕《つかまつ》りました。義輝さまにおつなぎいただきたくお願い申し上げます」と朗々とした声で中にいる家臣達に告げる。突然現れた五百人もの軍勢と堂々とした礼装姿の信長に威圧《いあつ》され、中にいる家臣達は右往左往《うおうさおう》するだけで返事もしない。

「聞こえておられますか？」と催促《さいそく》する信長にやっとのことで
「しばらくお待ちくだされ、今、上のものに話をしてまいりますゆえ・・」と言うのが
精いっぱいであった。
門の前にいた家臣達が慌てふためきながら奥へ走っていき、城の庭で雅《みやび》な着物を着た侍女達と川
遊びに興《きょう》じていた義輝に
「織田の信長というものが軍勢を引き連れて殿さまにお会いしたいと・・」と震える唇を何とか抑
えながら声をかける。顔色が変わる義輝。
「軍勢を引き連れていると？」
「はい、五百くらいはいるかと？」
「五百、戦を仕掛けてきたと申すか？」
「いえ、そういう感じでもございませんが、下手《へた》に断るとどうなるか？」
そこへまた違う家臣が走って来て「まだか、と聞いております。お早くお返事を・・」
側近《そっきん》であろう家臣に向かって「お、お前、何とかしろ、儂は知らぬ、早く追い返せ」と
叱りつける義輝の言葉に恐怖にひきつった顔で
「ご勘弁くださいませ、殿がどうぞご決断を・・」と頼む。
「知らぬ、知らぬ、さあ、続きを・・次は誰の番じゃ？」

と侍女達に声をかけるが誰も動かない。
そこへまた別の家臣が走って来て
「お返事はまだかと、相当焦《じ》れております。もう無理でございます。もう待たせることはできません。お早くご決断を・・」と泣き声で訴える。あちらこちらで「殿」「殿」という声に、もうどうにも逃げ切れないと思った義輝が渋々口を開く「会えばいいのであろう・・」
ホッとした家臣達の顔を苦虫《にがむし》を噛みつぶしたような顔で見ながら、
重い身体を引きずるように義輝が立ち上がる。

城の会見場に通された信長と勝家達側近が座して義輝を待つ。

そこへ義輝が入って来て、礼装姿の信長達を見て安堵した顔を見せる。

信長達が一応の礼儀を持って会いに来たことで特に敵対的なことではないとホッとした義輝の顔は将軍の堂々としたものへと変わっていった。

前に座った義輝にひれ伏すこともせず、義輝の目をじっと見つめる信長。

その目に射《い》すくめられるように、

堂々とした態度であった義輝はだんだん落ち着かなくなって来る。

しばらくその状態が続き義輝の顔に焦《あせ》りが出て来た頃、
やっと信長が人懐《ひとなつ》こそうな笑顔を見せ
「突然このような形で御目文字《おめもじ》を願い申し訳ございませんでした」と深く頭を下げる。

「このような大軍を引き連れ、いったい何事か？」と怒りとともに問う義輝に
「どうしてもあなたさまにお尋ねしたきことがございました・・」

「何ぞ？」

「あなたさまは将軍に在《あ》らせられます」

「そうじゃが？」

「将軍とは何か？を私に教えていただきたくお願い申し上げます」

「将軍？か？将軍とは儂のことじゃ」

「では、あなたさまは何をなさっておられるのでしょうか？」

「何を？何を？しておるか？と？」

「はい。将軍として何をなさっておられるのでしょうか？」

「政治じゃ、国をまとめるために政治をしておる」

「政治とは？どのようなことでございますか？」

「・・・・・・」

「今この国は戦国の世でございます。それはご存じのことと思いますが、この戦乱の国をどのようにお考えでいらっしゃいますか？

あなたさまのご先代《せんだい》さま達が一度は統一したこの国が今またこのような混乱の中にあることをあなたさまはいかにお考えでいらっしゃるかをお伺いしたくここまで参上仕りました」

「けしからん、まったくけしからん。先代さま達がお創りになられたこの国を侍どもが、勝手に取り合いをしておるのじゃ。この国はすべて代々将軍である足利家の領土である。それをこの足利家をないがしろにしてそれぞれが権力争いをするなど以《もっ》ての外《ほか》じゃ」と怒りをあらわにする。

「では、あなたさまはこの国を、この国の将来をどうお考えでいらっしゃいますか？

どのような国にしたいとお考えですか？」

「・・そうじゃな・・尊氏《たかうじ》さまのように戦乱を終わらせまた平和な国にしたい」

「平和な国ですか・・」

「そうじゃ戦のない平和な国にしたい」

「それを伺って安心いたしました。私も民達のために平和な国を創りたいと考えております」

「民のため？何を申しておるのじゃ？儂じゃ、儂のためじゃ、将軍家のために決まっておろう、足利家代々の血を受け継いでいる儂の血をまた受け継ぐ子ども達将軍家がこの先も安泰《あんたい》でいられる平和な国にしたい」
「将軍家の安泰のための平和ということでございますか？」と少し信長の声がきつくなる。
「他に何がある？将軍家が安泰であるということは、
この国が安泰だということであろう？」とのんきに答える義輝に
「百姓達など民達の平和はいかがでございましょう？」
「百姓？ふん、そんな下賤《げせん》の者どものことなど知らぬわ。百姓など会うたこともないわ」
その言葉に一瞬キッと厳しい目をする信長であったが、次の瞬間にはまたもとの柔らかい眼差し《まなざし》
になり
「ありがとうございました、おかげさまで将軍さまのお気持ち、お考えがよく分かりました。私にとって、とてもありがたい教えになりました。あなたさまにお会いできて恐悦至極《きょうえつしごく》に存じます」
と丁寧《ていねい》にお辞儀をする。
その言葉に気を良くした義輝は信長に向かって
「愛《う》い奴じゃ、信長と申したな。そうじゃ、儂の家来になれ。足利家の重臣として召し抱えてやろう。儂のために働き平和な世を創れ」と声をかける。
頭を上げた信長は義輝の目をまたじっと見つめる。そして、またニコッと笑い、
はっきりとした声で

「お断り申し上げます」とピシャッと答える。

喜んで自分の申し出を受け入れると信じ切っていた義輝には驚きの答えであった。

「なんと、断ると?儂の命令に逆らうというのか?」

「はい、あり難きお言葉にございますが、私は織田の当主でございますゆえ、織田の当主としての任を全うしたいと思います」

自分の申し出を即座に断った信長に対して
「そのようなことを申して良いと思うておるのか?儂は将軍であるぞ。どうなるか分かった上で儂に歯向かうのであるな?」と声を荒立てる義輝に対し信長は静かな声で後ろに控えている勝家に向かって
「兵は外で待機しておるか?」と尋ねる。

「は、」と答える勝家の顔を見ながら何も言えず歯噛《はが》みをしている義輝に向かい、ゆっくりと頭を下げ立ち上がる信長と勝家達。

悔しさと怒りで真っ赤になった義輝であるが何もできない。ゆっくりと立ち去る信長の背中をただ見つめていたが、遠く見えなくなった頃にハッと我に返り家臣達に「追え〜」と叫ぶが、もう信長達は門の近くまで来ている。

家臣達は信長に追いついたものの門の外には信長の軍勢が待機しているので、もはや何も手出し

はできない。悠々《ゆうゆう》と門をくぐり出ていく信長達を悔しそうに、だがちょっとホッとした表情もみせながら見送るのであった。

京の町を引き返していく信長の軍勢。それぞれの兵達には誇らしげな表情が浮かんでいる。

「信長さまは大したものじゃ、将軍さまに直接お会いになるなど並大抵《なみたいてい》のことじゃない」

「これで織田の名前も天下に響き渡るだろう」などと口々に話をしている。

馬に乗り先頭をいく信長の肩にはリスが乗っている。

「さくや、今日はリスか?」

「ネコだと肩に乗りにくくてね・・」

「どっちにしろ幻だろ?ネコでもいいじゃないか?」

「で?将軍に会って何を思った?」

「面白かったよ。どうしてこの国がこんなに荒れているのか、戦ばかりなのかがよく分かった。やっぱり俺が天下を取る!」

「そう」

「でも、どうしてだろう? 一番最初に天下を統一して将軍になった人も、あの将軍と同じような考えだったのかなぁ? あの人のような考えでどうして天下を統一できたのかが不思議で仕方ないよ。だって、あの人は何もしていない。政治のことも民達のことも何も考えていない。この国をどうしたいのか?それもまったく考えていない。ただ自分のことばかり・・自分だけが安全で平和であればいい・・って言ってた」

「最初に統一した将軍にはちゃんと夢があった。もちろんその夢は大きな権力を持ちたいってことだったけどね。そして夢が叶い将軍としてこの国の一番大きな権力を手にした。でもね、彼にはその先が見えてなかったの。というより、その先に興味がなかったの」

「その先が見えてなかった?」

「そう、権力が欲しいと思い、それだけを目的としていたでしょ。だからそれを手にした後のことを何も考えていなかったの。この国をどうしようとか、この国の民を豊かにしようとか、そんなことは考えていなかった。だから、そこで止まってしまったの」

「止まるって?それってどういうこと?」

「侍としての権力を手にしたら今度は貴族になりたくなったのよ。侍よりもとりあえず身分が高いと言われている貴族になりたくなったの。貴族のような地位が欲しくなったの」

「貴族のような?」

「そう、侍はもともと貴族の土地を守るためにできた職業でしょ。だからいつまでたっても貴族からは下にみられる。それがイヤだから自分も貴族と同じように振る舞いたい、貴族にも一目置《いちもく》かれる存在になりたいと思った。統一した国をどのようにしていこうと考えるよりも貴族と同列になることの方に興味があったということ。だから、国はだんだん荒れていった。貴族もそうだけど、国を統一した将軍も誰も国のことを本気で考える人がいないんだから、荒れるのは仕方がないことね。まだ権力がしっかりとあるうちはいいわ、権力っていうのは戦の力だから、その力があるうちは自分の権力を脅《おびや》かそうとする勢力を力でねじ伏せることができた。でもその力も弱まってくるとねじ伏せることができなくなり、あちらこちらから力の強い侍達が出てきた。そして、今の戦国の世のようにまた権力を求めて戦を繰り返す世になっていったってこと」

「でも、一応将軍としての地位はあるよね」

「名前だけね、貴族からお墨《すみ》付きをもらった名前だけで持っているようなものよ」

「貴族のようになりたかった侍か・・」

「そしてもう一つ力をなくしていった大きな原因があるの」

「何?それ?」

「世襲《せしゅう》」

「世襲?親の後を息子が継ぐっていうこと?それが原因?」

「そう、世襲が続くと器ではない人間が引き継ぐってことになる。ただ将軍家に生まれたということだけで、戦の実力や政治の能力などがない人が将軍になっていくってことね。親達のおかげで一応平安な世の中になって、自分は世のことを何も考えなくてもそのままの地位を継ぐことができる。国のことなど考えなくても、民のことなど何も知らなくても将軍として権力を手にすることができる・・その将軍という権力の上に胡坐《あぐら》をかき、自分の身の安全と貴族のような雅《みやび》な生活だけを求め、自分の都合の良いことだけを民達に押し付けるようになる。人々は次第に嫌気《いやけ》がさしてくる。国が荒れていくのは火を見るより明らかね」

「そういうことか・・今の俺にとっては天下を取ることが一番の目的だけど、その後のこともしっかりと考えておかなければいけないということか」

「天下を取る、国を統一するということはそういうことなの。天下を取ることが最終的な目的じゃない。その後に何をするか、国や民達がどうしたら幸せになるかを考えなければ、信長が天下を取ってもまた今と同じことになってしまうわよ」

「俺は天下を取ったあと・・どうしたいんだろう?何をすればみんなが笑って暮らせる豊かで平和な国にできるんだろう?」リスを肩に乗せ、馬に揺られながら考え込む。

第八章

桶狭間《おけはざま》の戦い

信長が五百もの兵を引き連れて京の将軍に謁見《えっけん》したという噂は日本中にとどろいていった。将軍家に対しての怖れを知らぬ無作法《ぶさほう》な謁見の仕方に多くの大名達は激しい怒りを覚えていた。駿河国《するがのくに》の頭領である今川義元もその中のひとりである。特に足利将軍家の分家として関係の深かった今川家の頭領である義元にとっては、信長の所業《しょぎょう》は他の何よりも許されざる出来事であったのである。

「うつけめが！ひねりつぶしてくれるわ。すぐに兵を用意しろ！」と烈火《れっか》のごとく叫び義元はすぐに戦の準備を始める。今川家は駿河と遠江《とおとうみ》に大きな領土を持ち松平家の三河《みかわ》や織田の尾張まで手を広げんとする強大な力を持った戦国大名であった。

この頃には義元は将軍家を超える実力があると自負《じふ》していた。そのため将軍家を軽《かろ》んじる信長はいつかは自分にも同じような態度をとるであろうと思い、今のうちに目に物を見せ叩き潰さなければならないと思ったのである。また名を上げ始めた信長を叩くことで他の大名達にも自分の力を見せつけるという目的もあった。

そして、すぐに今川家と松平家の家臣達に兵を集めさせ始めたのである。

その松平家こそ織田家に人質として送られ、一時期信長と親交を深めた竹千代（松平元康《まつだいらもとやす》、のちの徳川家康）の本家であった。

織田家から解放された竹千代は、その後は今川家の人質として今川の屋敷に預けられていたのである。本来ならば今川の家臣としての松平家の立場で考えなければいけないのだが、竹千代は信長のことを思い大きく揺れていた。

「兄さま、私はどうすればよろしいのでしょうか？

どうすれば兄さまのお役に立てましょうか？」

どう考えても今川と織田では軍事力が違い過ぎる、どんなに信長が頑張っても今川には太刀打《たちう》ちできない、どうすれば・・と考える竹千代に家臣が声をかける。

「元康さま、殿がお呼びにございます」

「分かった、すぐに行くと伝えてくれ」

イヤな予感を感じながら今川のもとへ急ぎ行く竹千代。

「お待たせいたしました。お呼びでございましょうか？」

「知ってはおると思うが織田のうつけを討つ」

「・・」

「お前が先陣《せんじん》を切れ、お前にやらせてやろう。これは親心だと思え」

「・・」

「今川に仕える者は百姓小姓からすべて我が子ども、大切な子じゃ。お前も松平とはいえ我が息子。その息子に憎い信長を討ち名を上げて欲しいと思っておる」

「・・」

「お前も織田に人質として出された時は辛い思いをしたであろう?かわいそうにな、その時の思いを思いっきり晴らしてくるがいい」

「・・」

「うん?元康、返事はどうした?」

「・・あり難きお言葉にございますが、私はまだ若輩者《じゃくはいもの》、戦の経験も浅く先陣などの重責は・・」と言葉を発した竹千代の頬に鋭い痛みが走る。

見るとすさまじい形相で義元がにらんでいる。もう一発反対の頬に痛みが走る、慌てて頭を下げるが今度は頭に肩に何度も痛みが走る。頬からはポタポタと血が流れて落ちる。

「親の言いつけが聞けぬというのか?」興奮し何度も手に持っている鉄扇で竹千代を打ち付ける。

ただただ頭を下げ義元の怒りが収まるのを待っていた竹千代であったが、

「返事をせぬか?返事は?」といつまでも叫び続ける義元に
ついに「は、仰せの通りに」と答えるしかなかった。

その竹千代の言葉を聞きやっと手を止め、竹千代の顎《あご》を扇子で引き上げ血に染まった顔を見て

「そうじゃ、良い子じゃ、初めからそう言えばいいものを・・」と口元をほころばせ言葉を添える義元に対し
「は、」と力なく答えることしかできない竹千代であった。

勇ましい声を上げ訓練している兵達を見ている信長と弥助、光秀、源太。

「信長さま、今川の動きがおかしい。

今川と松平の領地からたくさんの百姓達が駆り出されている」

「今川がどこかと戦をしようとしているってことか、源太?」

「信長さまはのんきだなぁ~、まったく、信長さまを討つための戦だよ」

「俺を?どうして?・・・・え?あれか?え?そんなことで怒ったのか?」

「怒るよ、普通、突然たくさんの兵を連れて将軍に会いに行ったんだからな」

と弥助が口を挟む。

「ただ会いに行っただけなのになぁ」

「みんな将軍さんと会いたいのに、会える大名はそんなにいない。みんないつか会えると思って順番を待っているのに、その順番をすっ飛ばしたんだから怒られても仕方ない」

「順番ねぇ〜〜・・そんなの待ってるのか、みんな・・

戦国の世の中で戦っている武将がそこだけ妙に作法にこだわるんだな、面白い」

「面白がっている場合じゃない、相手は今川だぞ、兵力に差があり過ぎる、どうする?」

「今川はどのくらいの兵がいる? 源太、分かるか?」

「だいたい二万から二万五千くらい・・かな」

「二万五千か、弥助、軍はどのくらい出せる?」

「今なら三千から三千五百が精いっぱいだ」

「そんなに違うのか・・う〜ん、今から話をしに行ってもダメかな、分かってもらえないかな、戦やめてもらえないかな?」

「話なんてできる状態じゃないだろが、何甘いこと言ってるんだ」

と目を吊り上げる弥助に
「分かってるよ、冗談だよ、そう怒るなよ、弥助」と笑う信長に三人は呆《あき》れた顔をしている。

「ちょっと待ってくれ、考えるから・・」

「そんなに時間はないぞ、もう今川は動き始めている」

「分かってる、けど、もう少し情報が欲しい。源太、どんなに小さな情報でもいいから集めてくれるか？」
「分かった、今から今川近くの村まで行ってくる」と走っていく源太を見ながら
「俺もちょっと考えてくる・・」と城に戻る信長。

軍事訓練を見届け城への道を歩いていた光秀は、後ろに誰かがついてくる気配を感じる。刀の柄に手を置きいつでも戦えるように準備をしながらも、気配を感じていることに気がつかれないようにそのまま道を外れ林の中に入り込み待ち伏せをする。が、その気配がフッと消えてしまう。もう一度その気配を感じようとあちこちに気を配るが一向に感じられない。その時、どこからともなく「さすがにございます」と言うささやき声が聞こえたと思った瞬間、目の前にひとりの男が立っていた。構える光秀に
「明智光秀さまにございますね？」

「誰だ？」

「ご安心くださいませ、あなたさまに危害をくわえるものではございません。あなたさまにお渡ししたいものがあってお待ちしておりました」

「渡したいもの？」

「あなたさまもよくご存じのお方から言い付かってまいりました」

「私のよく知る方？」と聞く光秀に一通の文を差し出す男。

「これをあなたさまから信長さまにお渡しいただきたい」

「信長さまに？誰のものかも分からない文をお渡しできるわけがなかろう」

「どうぞ中をお読みください。光秀さまにもお読みいただきたいとおっしゃっておられます」

男の様子を窺いながらも差し出された文を手にする光秀。男には殺気《さっき》は感じられない。

手にした文にもなぜかしら温かいものを感じた光秀は、それを読み始める。

読み終えた後ゆっくりと文をたたみながら「承知いたしましたとお伝えください」という答えを聞き「は、では」と男は風のように軽く身をひるがえし光秀の前から去っていった。


源太から今川の話を聞き、どうすればいいか城の天守閣から町を見下ろしながら考える信長。

「冗談では済まないよなぁ〜」と独りつぶやいていると
「信長ならどうする？」とネコが不意に現れる。

「さくやか、急に出て来るなよ。ビックリするだろ」

フンと鼻を鳴らしネコが聞く「信長が今川ならどう考える？」

「俺が今川なら・・」

「今川の目的は？何がしたくて戦を仕掛けてくる？」

「俺の首？今川の目的は俺の首をとること・・」

「なら信長の首をとるためには今川はどう動く？」

「俺なら数に任せて一気に攻める。俺の首をとるために俺だけを狙って一気に兵を集める、かな」

「じゃあ、そう来たらどうしたらいい？」

「二万の兵が一気にこの城に向かってくるということか・・こちらは三千から四千の兵・・どうやって迎え討つか、だな・・数だけではなく今川の兵達は強いと聞く」


そこへ光秀が上がってくる。

「信長さま、少しお時間よろしいでしょうか？」

「光秀、お前も一緒に考えてくれよ」

「は、その前にお読みいただきたい文がございます」

「文？誰から？」

「お読みいただければお分かりになるかと」光秀の言葉に不思議そうに首をかしげながら文を受け

取り、読み始めた信長の目から涙があふれ出す。

――ご無沙汰《ぶさた》いたしております。この文を私の一番信頼する者に託しました。その者は私の祖父の代より仕えております忍びの一族の正成《まさしげ》という者にございます。私は今川義元に仕える者でございます。今川の動きはもうご存じだと思います。私は兄さまに、かつて私に話してくださった夢を叶えていただきたい。その一心にて覚悟をいたしました。これから今川の動きを兄さまにお流しいたします。直接お会いしてお話しできないことがもどかしいですが正成に思いを託します。文のやり取りは危険ですので、これからは正成から光秀さまに口頭でお伝えさせていただきます。光秀さまにはお手を煩《わずら》わせてしまいますがどうぞよろしくお願いいたします。ここにも兄さまと一緒に夢を見ているものがおりますことをお忘れなく、お命だけはくれぐれも大切になさってください。姉さまにも私は元気でおりますとお伝えください。この文はお読みいただいた後すぐにお焼きいただきますよう。見えないねこより――

ぽろぽろと涙を流しながら「竹千代・・」とつぶやく信長。

それを見ている光秀の目もまた光る。

「そうだ、俺は絶対に負けられない、討たれるわけにはいかない。

今川がどんなに大勢で攻めて来ようと、必ず勝つ方法はある。な、光秀」

「は、」

そうは言ったものの今川に対してどうやって向かい討つかの戦略が思い浮かばない。

何日も考えてもまるで浮かんでこないことに少しずつ焦りが出始める信長。

「今川の狙いは俺の首・・俺の首だけ・・俺は王将・・王将が討たれれば戦は終わる・・狙うは王将の首一つ・・」

「王将がいくつかあったらどうなるの?」

「王将は一つだよ、一つしかないんだ?」

「誰が決めたの?」

「将棋とはそういう遊びだろ?世の常だよ」

「はぁ~~、世の常ですか?信長も世の常に染まってしまったのね。がっかりだわ」

「なんだよ、腹立つな、まったく、王将は一つ?それは世の常?・・ん?世の常ってなんだ?」

「鷹の目でごらん・・上から見ればいい・・」

「上から見る？　世の常じゃないところ？・・王将は一つ・・じゃなくてもいい？・・
あ〜〜、そうか」と叫び出す信長、
「分かった、そうか、王将がいくつあってもいいんだ・・ということは、俺が何人いてもいいとい
うことか・・でも待てよ、俺ひとりだ・・ひとりを何人にも見せればいいのか？・・誰かに俺の代わ
りになってもらう？・影武者《かげむしゃ》？・・待てよ、でも、そうなるとその影武者の首が狙《ねら》われるということ
になる・・それはダメだ、狙われるのは俺ひとりの首だけでいい・・どうすれば俺だけを狙わせて、
そして、俺が何人もいるように思わせることができる？」
う〜んと唸《うな》りながらも考え続けるが良い考えが出てこない。ブツブツと独り言をつぶやき続ける。
「信長が情報を欲しがるのと同じように、今川も情報を欲しがってるんじゃない？」
「そうだよな、情報があれば無駄なことをしなくて済む。俺がどこにいるか分かれば
すぐに俺を狙うことができるよな・・・・・・・・あ〜〜〜〜」
「うるさいわね、耳のそばで大きな声を出さないでよ」
「さくや、さくや、分かったよ、そうだよ、俺がどこにいるか情報を流せばいいんだよ、
そうだよ、光秀、なぁ、そうだろ？」
光秀には信長が何を思いついたのかは分からないが、信長のあまりの興奮の仕方につい「は、」と
答えてしまう。

そして、源太ぁ～と叫びながら転がるように天守閣から降りていく信長の後を急いでついていくのであった。


「源太ぁ～、源太どこだぁ～」と叫びながら訓練場にやって来た信長を見つけ弥助が
「どうした?良い案でも見つかったか?」

「そうだよ、源太にちょっと聞きたいことがある、源太はどこにいる?」

「さっきまでその辺にいたんだけど、用でも足しに行ったんじゃないか?」などと話をしているところに源太がやってくる。

「源太、お前は情報をどうやって集める?」

「どうやってって?人といろんな話をしながらちょこちょこっと要点も聞いてくるって感じかな・・・」

「それって逆にできるか?」

「逆?え?どういうこと?」

「逆にこっちが広めたい話を広めることができるか?」

「あぁ、やろうと思えばできると思うけど」

「噂を広めて大将のところまでそれが伝わるか?」

「だいたい間者《かんじゃ》は百姓の中にいる。百姓達に噂を流せば間者の耳に入り、必要なら大将のところまで行く」

「そうか、ならば大将のところまで伝わるような噂を広めてくれ」

「いいよ、どんな噂？」

大きな地図を真ん中に柴田勝家、池田恒興《いけだつねおき》、佐々成政《さっさなりまさ》、林秀貞《はやしひでさだ》、佐久間盛重《さくまもりしげ》、織田秀敏《おだひでとし》など重臣達と会議をしている信長。

「皆も知っていると思うが、京に向かったことで今川を怒らせてしまったらしい。俺の首をとると息巻いている」

「耳にしております」

「怒らせてしまったものは仕方ない。そして、俺もむざむざ首を差し出すつもりもないから、戦になると思う」

のんきな話し方をする信長に集まった重臣達は苦い顔をしている。

「まぁ、今川はもともと尾張を狙っておりましたので殿の京の件を良いきっかけとして使ったに過ぎませんが」と、勝家が信長にちょっとした助け舟を出すが重臣達の顔は厳しいままである。

「殿、今川は大きな軍勢を持っております。我が軍の数では太刀打ちできない。そこのところ何かお考えはおありですか？」と聞く佐々に信長は

「向こうが大勢なら分散させる。分散させれば小さくなる」

「と言っても、どうやって？　相手が分散するということは、こちらの兵も分散するということ。小さくなっただけで数の比率は変わらない」

「そこなんだけど、分散させてかく乱する。そうすればかく乱した方が優位に立てる」

「どうやって？」

「ある信頼できる筋から、今川勢は鳴海城《なるみじょう》と大高城《おおだかじょう》の方からせめて来るという情報を得た」

「ある信頼できる筋とは？」

「それは言えない。だが絶対に信じることができる人物だから俺を信じてくれ」

「で、鳴海城と大高城から入ってくる今川勢をどうやって分散させるので？」

「まず、鳴海城の近くにある善照寺砦《ぜんしょうじとりで》、丹下砦《たんげとりで》、中島砦《なかしまとりで》、大高城の近くにある丸根砦《まるねとりで》、鷲津砦《わしづとりで》の五つの砦に信長の兵がいると思わせる。そうなると鳴海城と大高城の二つに今川の兵が分散される」

「なるほど、にしても二つに分けても数は相当なもの、そして、その数をどうやってかく乱するのですか？」

「俺を囮《おとり》にする」

「殿、ご冗談はおやめください。殿が囮になってどうするのですか?」

「俺じゃない、俺の影を囮にするんだ」

「影とは、影武者のことでしょうか?影武者を五人用意すると?」

「五人もいらない、二人でいい、本当の俺と影の二人で三人の信長をつくる。その三人で今川勢をかく乱する」

「どのようにかく乱すると?」

「今川はそろそろ動き始めている。俺を探しているが、俺がどこにいるか分からない。そこで今俺が丸根砦に陣取っているという噂を流している。きっとそれに食いついてくるはずだ。筋からの情報でも大高城に数を割《さ》いているとの話も聞いている」

「では丸根砦に影武者を送りませんと・・誰を送りますか?」

「誰も影武者として送らない。影だけでいい」

「影武者ではなく影だけ・・とおっしゃいますと?」

「そこにいるという噂だけでいいんだ」

「でも、それでは戦う兵達の士気が下がります。やはりしっかりとした人物が信長さまの代わりとしていなければ・・」

「いや、戦わない、誰も戦わせない」

「戦わないでどうやって今川の兵を減らすので？」

「今川が来たらとにかく逃げる、逃げて逃げて逃げ回る・・大高城はもともと尾張の城。そのあたりの土地勘は尾張の人間の方がある。有利に逃げ回れる。そして、逃げたと思わせ油断したところにちょっとだけ仕掛ける。仕掛けられると今川は向かってくる。向かってきたところでまた逃げる。それを何度か繰り返せば、今川の兵は疲弊していく。同じことをしていても知ってやっている方はそんなに疲れない。それを丸根砦と鷲津砦で交互に行う。信長がいると思っているから大高城には多めに兵を割く。その兵が疲弊していく。でも、信長の兵が鳴海城を囲む三つの砦にいるから鳴海城の兵を大高城に持ってくるわけにもいかない。鳴海城の兵は足止めしておくことができる」

「なるほど、確かに大高城の今川の兵は疲弊していくでしょうがそれではただの鬼ごっこ、勝つことはできません」

「ここでは勝たなくていい、とにかく、かく乱し疲れさせることが目的なんだ。大高城の兵達を疲れさせ、イライラさせることで今川が動くのを待つ」

「今川が動く？」

「そう、まだ今川の大将は出て来ていない。大将今川義元が戦に出て来るように仕向ける」

「大将が直々《じきじき》に出て来るのを待つ・・とおっしゃいましても、どこにどうやってどのくらいの兵を連れて出て来るのか、情報があるのですか?」

「ない」

「ない・・と。そんな不確かなことで兵を動かすわけにはいきません」

「戦は賭《か》けだ!戦に確かな戦などないのではないか?俺は父からそう教わった。情報と機を見る目と俊敏《しゅんびん》さ、自分を信じる強い気持ち・・これが戦には必要なものだと・・」

「しかし、一番大事な情報がないのであれば、それは賭けにもなりません」

「戦は刻一刻と状況が変わるもの・・その状況に合わせて動く柔軟さがなければ勝つことはできないと俺は思う。やるしかない、やってみてダメならまたその時に考える。だから、今回はこれでいかせてくれ、頼む」

慎重な重臣達の顔が苦々しくなっていくところにひとりの重臣が決心したかのように口を開く。

「私も殿と同じ意見です。もうすでに今川軍は動き始めています。猶予はございません。殿の策略がうまくいくかどうか分かりませんが、やるしかないと思います」

「ありがとう、盛重。ならば丸根砦を頼んでいいか?」

「私は大高城のあたりをよく知っています。逃げるならば任せてください」とまた別の家臣が口を開く。

「ありがとう、ならば、鷲津砦は秀敏、お前に任せる。逃げ回ってくれ」

「逃げることならお任せを・・」と軽く言い放つ秀敏の言葉に硬い表情をしていた他の家臣達も少し緩《ゆる》む。

「この戦では織田の兵はもちろんだが、今川に駆り出されている百姓達の兵からもできるだけ負傷者を出したくない、戦わせたくないんだ。できるだけ逃げ足の速い兵を連れて行ってくれ」

「しかし・・兵が戦わないことには・・」

「向こうが俺の首を狙ってくるなら、こちらも大将の首だけを狙っていく」


信長征伐《せいばつ》のために大高城に陣取っている鵜殿長照《うどのながてる》のもとに家臣が走って来る。

「野に放ちました間者より、信長は大高城の近くの丸根砦に逃げ込んでいるとの知らせが入ってまいりました」

「それは確かな情報か？」

「はい、織田の配下に忍び込ませた間者からの情報でございますので確実かと・・」

「分かった、すぐに丸根砦に兵を出せ」

「は、」

丸根砦に出向いた鵜殿が見た光景は不思議なものであった。今川の兵達が砦に向かって突っ込もうと走りだすと、それまで砦の上で今川を見下ろしていた織田の兵達が後ろを振り向きバラバラに逃げ始めたのである。

「戦わんのか?信長はどうした?誰も信長を守ろうとしないのか?」

「信長も兵達に紛《まぎ》れて逃げたものと・・」

「情けない奴よ、やはりうつけとの噂は本当だったみたいじゃ。うつけを守ろうとする奴はいないということか・・もうよい、深追いするな・・このような体《てい》たらくであれば、信長の首もすぐにとれるであろう、今日は兵を引け」

と鼻で笑う鵜殿であったが、次に目を疑うこととなった。

逃げたかと思った織田の兵達があちこちからわらわらと今川軍に向かって来たのである。

一旦気を抜いていた兵達は不意を突かれすぐに動くことができない。

慌てて鵜殿達侍が叱り付けやっとまた戦意を取り戻した今川の兵達が迎え撃とうと態勢を立て直した時、また織田の兵達はバラバラに逃げ始めた。あっけにとられる今川の兵達、指揮を執る侍達もどうしていいか分からない。深追いしようにも土地勘《とちかん》もなく、ちりぢりに逃げていく兵を一人ずつ捕まえることもできない。

臍《ほぞ》を噛む鵜殿。手をこまねいていると、また織田の兵達が向かってくる。

今川の兵達が交戦しようとするとまたちりぢりに逃げていく。

それが何度も続き、今川の兵達は疲労の色が隠せなくなってきた。

「引け、一旦兵達を引き揚げろ」と鵜殿が叫ぶ。


大高城に戻ったが、自身も疲労を隠せない鵜殿。

「なんだ、あれは。信長はどうなった?どこにいる?間者はどうした?知らせは?」

とイライラした声で家臣を問い詰めている時、別の家臣が
「信長は今、鷲津砦に逃げ込んだとの知らせが入ってきました」

「鷲津砦か・・自分ひとりだけ逃げ回っているのか、情けない。陽が昇ったら鷲津砦に向かうぞ、兵達を休ませておけ」

「は、」

朝になり「儂がそのようなつまらない手に引っかかるとでも思うか?信長、お前はまだ丸根砦におる」と口元で笑い
「丸根砦に行く、兵を上げろ!」と家臣に命令する、が、丸根砦に行ってみると誰もいない。もぬけの殻《から》である。

「殿、やはり信長は鷲津の方に・・・・」

「くそ、うつけが・・どこだ、信長はどこにおる?知らせは来ぬのか?」

「は、やはり鷲津に逃げ込んだとの知らせが・・」

「くそ。鷲津に向かう」と急ぎ鷲津砦に向かう。

そこには大勢の織田の兵が待ち構えていた。

「信長め、目に物を言わせてくれるわ、行けぇ〜」と兵達に命令する鵜殿の目に丸根砦と同じ光景が目に入ってくる。織田の兵達がまたちりぢりに逃げ始めたのである。土地勘のある織田の兵達にかなうわけがなく、ただやみくもに追いかける今川の兵。面白がる織田の兵とただ訳もなく走り回る今川の兵とでは体力の消耗《しょうもう》は大きく違ってくる。押しては退《ひ》き、退いては押してくる織田軍に翻弄《ほんろう》されへとへとになっていく今川勢。百姓の兵だけでなく侍達もいらだちと結果の出ない追いかけっこでどんどん消耗していく。

「ええい、何をやっておる、早く信長を見つけ捕らえろ」と兵達を叱咤《しった》するが、疲れ果てている兵達はもう動く元気もない。

「今織田に攻められると厄介だ、退《しりぞ》く、みんな退けぇ〜」と声をかけ大高城に逃げるように帰っていく鵜殿達。その後ろでは織田の兵達が勝ちどきを上げている。

悔しくて仕方がない鵜殿に今川の大将である義元から使いが来る。

「殿さまが戦況を報告するようにとのことでございます」顔色が見る見るうちに青ざめていく鵜殿。このような状況をあの義元に伝えられるわけがない。苦し紛れに

──大高城のほど近くの丸根砦と鷲津砦に織田軍が待ち構えておりましたが、我が軍が蹴散《けち》らしてございます。織田軍は殿の軍の強さに戦意も喪失し、ただ逃げ回ることしかできずにおりました。卑怯《ひきょう》にも信長は逃げ回り残念ながらまだ捕らえることはできておりませんが、あの体《てい》たらくではすぐに捕らえることができると存じます。間者の者からは信長は清洲城に隠れておる公算が高いとの報告も受けております。後は殿が直々に清洲城をお攻めになり信長の首をおとりになった暁《あかつき》には他の大名達も殿のお力を怖れひれ伏すことにございましょう──との報告をしてしまう。

一方、丸根砦もしくは鷲津砦に信長がいると報告を受けていた鳴海城では積極的に動かず鳴海城近くにある織田軍の砦との距離を測りながらただ義元が出陣して来るのを待っていた。

鵜殿の報告を聞き、機嫌を良くした義元は、これ見よがしの大軍を率いて清洲城への道を進んでいくのである。もう勝ったも同然、尾張の国も自らの手に落ちたと心の中でほくそ笑みながら輿《こし》に揺られる義元であった。

じっと清洲城で大高城の戦況を見守っていた信長のもとに知らせが入る。

「義元が動き出したそうです。清洲城に向かって来ているとのこと」

「分かった、ありがとう、勝家すぐに兵を出せるように準備しておいてくれ」

「は、」と答える勝家。

心配そうに信長のそばにいる濃姫に向かってニコッと笑いかけ「この後は運を天に任せるしかない。でも俺は何が起きても諦めない。必ず戻る」とつぶやく信長。

その言葉を聞き「お帰りをお待ちしております。心配はしておりません」ときっぱりと言い切る。


ゆっくりと余裕を見せつけるかのように清洲城に向かって進む義元一行。まずは左に鳴海城、右には大高城が見える所まで進んで来た。この場所、桶狭間《おけはざま》が位置的にはちょうど良いと思った義元はここに陣を張ることにした。大高城付近は鵜殿からの報告ではもう落ちた、今いるすべての兵を鳴海城付近に投入すれば鳴海城とにらみ合っている織田の軍はすぐにでも蹴散らすことができると踏んでいた。鳴海城付近を落とせばあとはまっすぐ清洲城に攻め入り信長の首をとるだけである。すぐにとっては面白くない、ちょろちょろとネズミのように逃げ回るしか能のない信長をネコのようになぶってやろうか、などと考えていた。


その頃、清洲城でじっと動かず時機が来るのを待っていた信長のもとに、光秀から義元が桶狭間に陣をとったという知らせが入った。

「桶狭間か、王将を取りに行くにはいいところだ・・」とつぶやき、家臣達に「動くぞ、用意しろ」と命ずる。

「まずは鳴海城と大高城を揺さぶる」

「は、」とそれぞれに答えながらすぐに配置につく家臣達。


どうやって信長をなぶって遊んでやろうかとひとり楽しんでいた義元のもとに、大高城から「織田軍が攻めてまいりました」と知らせが入る。

「丸根と鷲津は落としたのではないのか?どういうことだ?」と桶狭間に合流していた鵜殿に問い詰める。何も答えることができずに震える鵜殿を思いっきり鉄扇子で打ちすえた後「すぐに大高城に戻り織田軍を蹴散らしてこい！」と怒鳴る。鳴海城だけで良いと思っていたところに大高城に兵を分けなければいけないことに怒りが収まらない。

と、大高城に鵜殿達が引き返したと同時に今度は鳴海城に向かって織田軍が攻め込んで来たという知らせが入る。

「何を考えておる、今頃攻め込んで来ても織田には勝機《しょうき》はないわ」と高をくくって、家臣からの勝利の知らせを待っていた義元の耳に入って来たのは、織田軍が逃げたという知らせであった。

「そうか。思ったよりも早かったな、これでまっすぐ清洲城に攻め込めるわ。清洲城の兵もすぐに逃げひとりになった信長はさぞ怖ろしい思いをするであろうな、儂を愚弄《ぐろう》した天罰じゃ」と大声を上げて笑う。


その頃信長は精鋭《せいえい》の兵二千を率いてこっそりと善照寺砦まで進んでいた。

すぐにでも信長の首をとることができると思いご機嫌な義元のもとに「鳴海城に向かって織田軍が攻めてまいりました」という知らせが入る。

「織田軍は逃げたのではないのか？」

「はい、一度は逃げましたがまた攻めてまいったとのこと」

「どういうことじゃ?」と陣の幕の中から出てみると不思議な光景が目に入る。

大高城でも鳴海城でも織田軍は逃げたかのように見せかけた後で、すぐにまたわらわらと攻めてくるのである。義元の軍は織田軍に翻弄され、ただ追いかけ、止まり、また追いかけるという何とも滑稽《こっけい》な姿をさらしていた。

「なんじゃ、これは!」と聞くが、まわりの家臣達も状況がのみ込めず、

「攻めると逃げていき、攻めるのをやめるとわらわらとまた攻めて来ることを繰り返しております。我が軍の兵達はただ追いかけて走り回ることしかできず、疲労がたまってきております」

「一気につぶせ、逃がすな、元気な兵をもっとどんどん行かせろ」

「は、しかしこれ以上兵を砦に行かせますと殿の護衛が手薄になってしまいます」

「構わん、とにかく一気につぶせ、ここを一気につぶして清洲城へ行く。うつけめが!　思い知らせてくれるわ」

「は、では陣には五千の兵を置いて後は大高と鳴海に・・」と急いで兵を大高城と鳴海城へ投入するが、織田軍との追いかけっこに後から来た兵達にも疲れが見えてくる。

善照寺砦で様子を見ていた信長が
「よく逃げ回ってくれている、もう少しだ、もう少し頑張ってくれ」とつぶやいていると光秀が

「知らせが参りました。陣には五千を残し後は大高と鳴海に投入されるとのこと」

「五千か、その中で侍は何人くらいいる？」

「はっきりとした数は分かりませんが、およそ五百ほど、後は足軽四千五百くらいかと」

「そうか、百姓達足軽はほとんど戦い方は知らない、戦えるのは五百の侍、こちらは二千、機は熟したか・・弥助、兵達の準備はできているか？」

「・・・・・」弥助が難しい顔をして空を見上げている。

「どうした？弥助」

「雨が来る、かなり激しい雨だ」

「雨？どうして分かる？」

「百姓をなめるなよ、いつも天気を見ている」

「雨か・・雨の中奇襲《きしゅう》は難しいな・・」

「いや、反対だ、雨は後ろから来る、風も後ろから吹いてくる。これは織田には恵みの雨だ」「後ろからか・・よし待とう」じりじりとした時間が過ぎる。まだかまだかと雨を乞《こ》い待っていると突然激しい雨と風が吹き荒れてきた。

「弥助」

「よし、今だ、この雨と風はそんなに長く持たない、一気に行こう」

「行くぞ」と声を上げ飛び出す信長に後れをとるまいと侍も戦人達《いくさびとたち》も飛び出していく。

わ〜っと大声を出して奇襲をかける信長の軍に驚き、右往左往するばかりで何の統制《とうせい》も取れない今川軍を蹴散らしながら信長は
「目指すは大将ひとり、いいな！誰でもいい、とにかく見つけたら取れ！」と声をかける。

「お〜」と口々に叫びながら突進していく信長軍。

統制が取れず逃げ惑う兵達に目もくれず、向かってくる侍達だけを相手にしていた信長軍は俊敏な動きであっと言う間に義元の陣までたどり着く。

その時、信長の耳に、「取ったぞ〜」という叫びにも似た声が届く。

その声を聞いた今川軍は求心力を失いちりぢりに逃げ惑い始める。

「追うな！」と信長は信長軍に声をかけ、そしてまだ向かって来ようとする今川軍の侍達にも「もういい、止めろ」と声をかけながら、逃げるように素早く清洲城に向かって引き返していく。大高城や鳴海城で追いかけっこをしていた今川軍には何が起きたのか分からず、ただ義元が討たれたという知らせに呆然とするしかなかった。

軍事訓練にいそしむ弥助の所に源太がやって来る。

「弥助、今ちょっといいか?」

「なんだ?」

「どうしても織田軍に入りたいって奴が来ているんだが・・」

「自分から来たのか?」

「どうしても織田軍に入りたくて俺を探して来たらしい」

「変な奴じゃないだろうな?」

「う~ん、変と言えば・・変かな?」

「追い返せ、どこぞの間者かも知れん」

「そうするか・・」と帰りかけたところに源太を追ってその男がやって来る。

「あそこで待ってろって言っただろうが・・」と源太がその男にきつく言い放つと
「遅いんで待ちきれなかった、来た方が早いと思ってな」

源太と男の会話を聞き「帰れ！」と弥助が追い払おうとする。

「そうおっしゃらずに話だけでもさせてください」

「命令の聞けない奴はいらない」

「軍に入れていただいたら何があっても命令は聞きます。でもまだ軍に入ったわけじゃない。だからまだ命令は聞きません。とにかく入れていただきたい、ただそれだけで来ました。入ったら何が何でも命令を聞きますから」と何が何でも話を聞いてくれるまでは帰らないという強い意志を感じ、男に興味を持った弥助がつい声をかけてしまう。

「なぜそんなに織田軍に入りたい」

「驚いた」

「驚いた？」

「あまりの強さに驚きました。あの天下無敵と言われていた今川さまをあんな方法でやっつけておしまいになるなんて、びっくりした」

「どうしてそんなことを知ってる？」

「俺はあの桶狭間の戦いの中にいたから」

「お前、今川にいたのか？」

「はい」

「なら今川でこれからも戦え」

「惚《ほ》れました」

「惚れた？」

「あの戦いをなさった織田さまの殿さまに惚れました。だから織田軍に入れてください。この通りです、お願いします」と土下座せんばかりに頭を下げる男に
「どうするよ。こいつ断っても居座《いすわ》るぞ、このまま」と困り果てているところに信長がやって来る。

「どうした、弥助？」

「あ、信長さま。この男がどうしても軍に入りたいと・・」信長を見て突然土下座をする男。

「織田のお殿さまでいらっしゃいますか？」

「そうだが・・」

「惚れました、あなたさまに惚れました、どうか、どうか、お殿さまの軍に入れてください。必ず良い働きをいたしますから、お願いします、お願いします」と何度も地面に頭をこすりつけるように頼む。困ったなぁという顔をする信長。

「いいとおっしゃってくださいますまでここにこうしております」となおも畳みかける男。何事かと弥助の顔を見る信長に
「こいつ今川の足軽だったそうです。桶狭間の戦いで信長さまに惚れたんだそうです。

で、どうしても織田軍に入りたいと・・・」

「お前、百姓だろ?どうして畑を捨てて戦人になりたいんだ?」

「俺には好きな女がいます。俺は戦で名を上げて侍になって、女にきれいなべべを着せてやりたいんです。うまいものをたらふく食わせてやりたい。だからどうしても戦人になってゆくゆくは大名になりたい」真面目に訴える男の言葉に頬を緩めながら信長が
「大名になりたいと・・これはまたよっぽど良い女なんだなぁ〜」と答えると
「俺にはもったいないほどの良い女なんです。惚れております。だからどうしても織田さまの近くにお仕えしたいんです」

「でも、俺が天下を取れるかどうか分からないぞ、俺が負けたらお前はまたその勝った大将のところへ同じように行くのか?」

「行きません、お殿さまは絶対に天下をお取りになります。俺にはそれが分かる。俺がお殿さまを天下人《てんかびと》にしてみせる」

「俺を天下人にしてくれる・・か」

その言葉を聞いて弥助と源太が男の頭をはたく「ふざけるなよ、お前」

「弥助、源太、そう怒るな、面白い男じゃないか。で、そのお前の好きな女はもうお前の女房になることは決まっているのか?」その言葉に下を向き小さな声で「まだです」と答える男。「まだな

のかよぉ～」とバカにして笑う弥助と源太。
その二人にしっかりと目を上げ見つめ
「必ず女房にしてみせる。織田軍に入って名を上げて必ず女房にします」
「押しの強い男だ。面白い。お前、軍に入れ」
「でも、信長さま、もしこいつが間者だったら・・」
「大丈夫だ、俺はこいつを信じる。名を上げて女房にしていつか俺にもその女に会わせてくれ」
「・・・・」黙ってしまう男に
「どうした?会わせてくれんのか?」と聞く信長に小さな声で
「いい女だから信長さまも欲しくなる・・」と答えると信長は
「大丈夫だ、俺には濃姫がいる。濃姫は俺にとって最高の人だからな、他に目を移すことはない、心配するな」と大きな声で笑う。
「なら、早く会わせられるように頑張ります」と喜んで答える男。
「弥助、面倒を見てやってくれ」男の強引さに呆れながらも「分かった」と答え、男に向かって尋ねる「お前、名前は?なんていう?」
「ありがとうございます。俺は藤吉郎、名前は藤吉郎と申します」
「藤吉郎か、分かった、覚えておく、早くその人に会わせてくれ」

「ねねです。俺の女房になる女はねねと言います、信長さま」

「そうか、ねねさんに会うのを楽しみにしてるぞ、藤吉郎」と笑う。

第九章

清《き》洲《よ》同《す》盟

――桶狭間の戦いより二年――

桶狭間の戦いの後、勢いを増した信長は、尾張国の中で最後まで信長の前に立ちはだかっていた織田信清《おだのぶきよ》を制し、晴れて尾張の頭領となっていた。
この日、信長は古い友の到着を待っていた。ソワソワと歩き回る信長に濃姫が「落ち着かれませ」と笑いながら声をかける。その時、家臣からの「ご到着なされました」という知らせが入る。嬉しそうに立ち上がる濃姫に
「そういう濃姫も待っていたんじゃないか・・」とからかう信長に
「私も早くお会いしとうございます」と本音《ほんね》をぶつける。
「ちょっと待ってて、すぐに表の用を済ませて呼ぶから。ちょっとだけ、ここにいて・・」と言って急いで待ち人がいる部屋に向かう。つまらなそうに見送る濃姫。
部屋に入るなり待ち人に声をかける信長。
「竹千代～、待ってたぞ～」の言葉にくすぐったそうな表情をして
「徳川家康にございます」と答える。

竹千代は、今川に人質として逗留《とうりゅう》していた頃は松平元康と名乗っていたが、桶狭間の戦いの後、急激に勢力が衰えていった今川から独立し三河国《みかわのくに》を取り戻し、三河の頭領として徳川家康と名乗っていた。

「そうか、そうか、竹千代、大きくなったなぁ〜」

「徳川家康にございます」とまたくすぐったそうな表情で再び返す家康。

顔を見合わせ満面の笑みの二人だったが、突然居住まいをただし真面目な顔になる信長。

「家康殿、桶狭間では本当にありがとうございました。心より感謝申し上げます」と深く頭を下げる。

「ご無沙汰しております、兄さま。こうしてお会いできる日を待ち望んでおりました」と家康もまた深く頭を下げる。そして、また笑い合う二人。

「濃姫も竹千代に会いたいと待っている。さっさと話をしてしまおう家康殿」

「はい、で、私はどのように？」

「背を預け合いたい」

「はい」

「家康殿は東側を制して欲しい。俺は西側に行く。なるべく無駄な戦をすることなく

天下を狙っていく」

「はい。私はまずは今川、その後ろにいる武田、上杉、北条に話を持って行きましょう。話して分かる相手かどうか分かりませんが・・」

「そうだな、でも、一度は話をしてみないと分からない、頼んだ」

「はい、で、信長さまは？」

「俺はまず美濃の頭領である龍興《たつおき》と話をつけてみる。簡単な話し合いになるとは思わないが・・」

と苦い顔になってくる二人。

しばらく重い沈黙が続いたが信長が気分を変えるようにポンッと膝を叩き
「ここで話をしていても埒《らち》が明かない、後はやるしかない」

「はい」

「もういいだろう、濃姫が首を長くして待っている」と言って光秀を呼ぶ。

光秀が入って来ると家康が居住まいをただし
「光秀殿、その節はありがとうございました」

「こちらこそ、家康さまにはご尽力いただき織田の家臣皆心から感謝しております」と頭を下げ合う二人に「もういいだろ、濃姫が待ってるから、早く終わったって知らせてあげて・・」と信長がせっつく。「は、」と声を上げ急ぎ濃姫の所に向かう光秀。

すぐに廊下の向こうからパタパタと足音が聞こえてくる。その足音に二人の顔がほころぶ。障子が開き濃姫が飛び込んでくる。

「竹千代〜〜」と家康に抱きつく濃姫。

「大きくなったなぁ〜、元気だったか？」と家康の肩や頭を撫でまくる。くすぐったそうにしながらもイヤではない家康。「竹千代、竹千代」と連呼《れんこ》する濃姫に
「姉さま、お会いしとうございましたぁ〜」と甘えた声を出す家康を見て
「濃姫、もういいだろう」と家康から離れるように促す信長。「家康殿も困っているぞ」とシ、シッと手を振りちょっとムッとした信長の顔を見て笑う二人。

後ろに控えている光秀の肩も軽く震えている。

「ところで兄さま、あの見えないネコはまだおりますか？」

「いるよ、こっちを見てしっぽを振ってる」とスッと信長が視線を動かす先を見る家康、濃姫、光秀であった。

ここで信長と家康の間で交わされた話し合いが後に清洲同盟（織徳同盟《しょくとく》）と呼ばれているものである。

信長が久しぶりに軍事訓練場を訪れると、大きな笑い声が聞こえてくる。

何事かと思い近づいていくと藤吉郎を囲んで皆が大笑いをしている。

弥助も少し離れた所で一緒に笑っていた。

「弥助、ずいぶんみんな楽しそうだな」

「藤吉郎だよ、あいつが軍に来てからいつもこんな感じだ」

「いつもこんなにみんなが笑っていたら訓練にならないんじゃないか?」

「いや、笑っているけど真剣に訓練しているから大丈夫だ」

「笑いながら真剣に?」

「面白いだろ?みんな伸び伸びしている。だから訓練もはかどるし、武力もどんどん上がっている。俺は怒鳴ってばかりいたからな、兵達も萎縮《いしゅく》していたのかもしれない。

武力が上がらず、兵達も士気が上がらず、どうしたものかと悩んでいたんだけどそこに藤吉郎が任せて欲しいと申し出てきたんでちょっと試《ため》しに任せてみたんだ。

そしたらこれだ」

「武力が上がった？」

「そう、あいつはすごい。人の気持ちを動かす力を持っている。みるみるうちに兵達に実力がついてきた。軍の統制もしっかりと取れている」

「ほう・・」と何かを考え始める信長。


「ちょっと藤吉郎と話がしたい、ここに呼んでくれるか？」と信長が言おうとした時に信長の姿を見つけた藤吉郎が自分から走って来る。

「信長さまぁ〜、お久しぶりでございます。徳川さまとのお話し合いもうまくいかれたとお聞きしました、おめでとうございます」

「お前、そんなことまで知っていたのか？」

「はい、尾張国のこと、信長さまのことを知るのは家臣の役目ですから。知らなければ何もお役に立つことができませんから、俺は信長さまを天下人にすると約束しましたから」

「ほう・・」と感心しながら弥助を見ると弥助も大きくうなずいている。

「藤吉郎、お前は大名になりたいんだよな」

「はい、大名になってねねに良いべべを着せ、ぜいたくをさせてやります」

「まだその夢はしぼんでいないか?」

「しぼむどころかもっともっと膨《ふく》らんできてます」その言葉にフッと笑顔を見せ
「藤吉郎、お前は大名になって、ねねさんに良い着物を着せ、ぜいたくさせた後、どうしたい?」

「へ?」

「今の夢が叶った後のことだよ」

「大名になった後ですか?」

「そう、大名になって国を持った後に、その国をどうしたいと考えている?」

「・・・・・・・・」

「何も考えていないのか?」

「・・大名になった後か・・・・大名になることしか考えてなかった」

とつぶやき、しばらく考え
「信長さまは?信長さまは天下を取った後、何がしたいんですか?」と信長に聞き返すと
「俺は天下を取って平和な国を創りたい」

「平和な国?戦のない国ということですか?

そりゃ天下を取ったら戦はなくなりますけど・・その後何か考えているのですか?」

「俺は身分のない国を創りたいと思っている。今のように百姓が侍の権力欲のために戦に駆り出さ

れて泣くような国ではなく、百姓とか侍とかそんなつまらないことではなく、どんな人間であっても平等、男も女も子どももすべて、命はみんな同じだと思える国を創りたい。みんなが笑っていられる国を創りたい。だからどうしても天下を取りたいんだ」

「・・・・百姓が泣かない国、みんなが平等でいられる国、みんなが笑っていられる国・・そんなこと考えてもいなかった・・そんなことができるのですか?信長さま」

「創りたい。どうしても、だから天下を取りたい」

「・・・・俺は、小さいなぁ～・・・小さいぞ」と自分で頭を叩き始める。

「どうした藤吉郎?」

「信長さま、俺は自分が恥ずかしい。穴があったら入りたいです」と
また自分で頭を叩き始める。

「お殿さまが百姓のことをそんなに考えてくれているのに百姓の俺が自分の出世のことばかりで何も考えていなかった。ぜいたくな暮らしだけを望んで国のいく末など何も考えていなかった。百姓のくせに百姓を踏み台にして出世しようなんて、俺は、なんてバカなんだ。俺は恥ずかしい」

と泣き出す。

「藤吉郎・・」と声をかけようとする信長の前に土下座をし
「信長さま、その夢一緒に見させてください。俺もそんな国を創りたい。みんなが同じ命の重さ

で、みんなが笑っていられる国を創りたい。お願いします。一緒に夢を見させてください」と泣きながら訴える。ひれ伏している藤吉郎の顔を上げ、手を取り、

「一緒にやってくれるか?藤吉郎?」と聞くと涙でグチャグチャになった顔で何度も何度もうなずく。

「お願いします、お供させてください。何でもやります。何でも言いつけてください」

「分かった」と答え、今度は弥助に向かって

「藤吉郎を光秀の下につけてくれ」と命じる。弥助は

「分かった、今から光秀さまに会わせる」

「ありがとうございます。何があっても信長さまを天下人にします」とまた大きな声で宣言する藤吉郎に信長が

「頼んだぞ、お前がいてくれると心強い」と笑って答える。

「で、いつねねさんに会わせてくれる?」と聞くと、

「今からねねを口説いてきます。絶対に女房にしてみせます。そして、すぐに信長さまの所に連れてきますのでちょっと待っててください」と言って走っていってしまう。

「結局はやっぱり女かよ～」と言う弥助。その背中を笑って見ている信長。

第十章

お市と浅井長政

北近江国《きたおうみのくに》の頭領である浅井長政《あざいながまさ》の居城《きょじょう》。

その城の中がザワザワと揺れていた。長政の重臣達が数名争うかのように
「殿～、殿～」と叫びながら廊下を駆けるように長政の私室まで歩いてくる。

「殿、よろしいでしょうか？」と声をかけると中から
「何事じゃ？」と返事がする。

「失礼いたします」と部屋の障子をあけドヤドヤと入って来る家臣達。

長政は渋い顔で迎える。

「先ほどの織田との話し合いでございますが、殿は本気で同盟をお結びになるおつもりですか？」

「いや、まだ決めてはおらんが、そのつもりではある」

「何をおっしゃいますか？相手はあのうつけにございますよ。あのうつけが今までどのような振る舞いをして来たか？ご存じないのですか？」

「確かに、常人《じょうじん》には考えられないことを考えるお人ではあるが、話を聞いてみれば納得することばかりだった」

「その話自体が信用できないと申し上げております。口では何とでも言えます」

「そうかな？なかなかできた人物だと思うが・・」

「それに織田と同盟を結ぶ利点が我が浅井にはございません。

この同盟は織田にばかり有利なもの、結ぶ意味がございません」

「組んでおけば織田と戦をすることがない。無駄な戦をする必要がなくなる。

織田は強い。これは大きな利点ではないか？」

「しかし、いずれはどこかで織田と戦をしなければなりません。そうしなければ浅井が天下を取る
ことができません。そこのところはお分かりか？」

「天下か、自分で取らずともよいのではないか？」その言葉に驚く家臣達。

「なんと？なんと、仰せになられましたか？」

「自分で取らずとも、最後に良い世の中ができればいいのではないか？」意味が分からない家臣達。

「良い世の中？そのようなものはただの理想にございます」

「でも、信長殿は本気で話しておられた。戦のない平和な国を創りたいと。

誰もが楽しく笑って暮らせる・・じょうもんと言ったかな？そのような国を創りたいのだと。一緒
に創ってくれないかと。私もそう思う。戦ばかりでこの国の百姓は疲弊している。戦に駆り出さ
れ田んぼや畑も荒れている。百姓が作物を作ってくれるから、侍達も食べていける。

もっともな意見だと思った。だから私も信長殿と同盟を結び、そのような世を一緒に創っていき
たいと思った。もうこれ以上浅井の百姓達に無駄な戦をさせたくない」

「なんと、なんと、そのような世迷言《よまよいごと》にほだされるとは、そのような絵空事《えそらごと》をしゃあしゃあと口に

する奴を信用できるわけがございません。

いつか必ず裏切るに違いございません。美味しい口車《くちぐるま》で殿を信用させ、時機が来たら浅井をのみ込むつもりでございます。信用なりません」

「それならば」と別の家臣が口を挟む。

「それならば、殿がご自身でその良い世の中をお創りになればよろしいかと。殿が天下をお取りになり、お好きなように国をお創りください」と言うと長政は首を振りながら

「私は自分の器量を知っている。私には信長殿のような強い意志も戦略に長《た》ける器量もない。悲しいかな、それに気がついた。信長殿と話をしていてはっきりと分かった。

私は信長殿の下で同じ夢を見る」

「なんと気弱な、嘆《なげ》かわしい、浅井の頭領としての自覚をお持ちいただきたい」

「すぐにでもこの話はなかったと信長にお知らせを」と厳しい口調で詰め寄る家臣達に

「私は信長殿を信じる」と言い切る。

あまり自分の気持ちをはっきりと表に出さない長政のこの言葉に驚く家臣達だったが、まだ食い下がる。

「ならば織田が裏切らないという印《しるし》をお取り付けください」

「印？」

「人質を」

「人質?誰を?」

「信長は妹をとてもかわいがっていると聞きます。その妹を人質として浅井に輿入れさせる、それを条件として同盟を結んでいただきたい」

あまりにも強い家臣達の口調《くちょう》に抗《あらが》うことができず

「分かった」と答える長政。

苦い顔をして自室に座っている信長の耳にパタパタと近づいてくる足音が聞こえる。

「兄さまぁ〜、お呼びですか?」と声がかかる。

「お市《いち》か?」

「はい」

「入ってくれ」

お市は信長の苦い顔を見たとたんに

「あ〜、またネコに叱られてたんでしょう?」と言って笑う。

「ね、ネコは?今どこにいるの?」とあちこちに視線を動かす。

「そこに座っている」

「どこ？」

「お市の足元だ」

「この辺？ いいなぁ〜兄さま、私もそのネコ見たいなぁ〜・・で、今度は何を叱られてたの？」とまたクスクスと笑う。

そのお市の笑顔を見てまた信長は苦い顔になっていく。

「今日は真面目な話がある。座ってくれ」いつもと違う信長の口調にお市は神妙《しんみょう》に信長の前に座る。

「お市を嫁に欲しいという大名がいる」

「私を？ どなたですか？」

「北近江国の頭領、浅井長政という御仁《ごじん》だ」

「なぜその方が私を？」と問うお市の顔を苦しそうに見ながら
「浅井と同盟を結ぶことになった」と言葉に出すと
「人質ってことね」と無理な笑顔で返す。

「そういうことになる」

「ね、兄さまはその方にお会いしたの？」

「会って話をしてきた」

「どんな方？」

「静かだが心は熱い。信念をしっかりと持っている」

「兄さまはその方が好き？」

「そうだな、好きだ」

「じゃあ、いいよ、私その方の所へ行く」と軽く答えるお市に少し驚き
「良いのか？輿入れという形だが実質は人質だぞ？」

「だって、兄さまが好きだという方ならきっと私も好きになれる。それに人質って言っても、兄さまは人を裏切ったりしないから大丈夫でしょ？」

「そうだけど、でも・・」

「何グチャグチャ言ってるの？この同盟は兄さまが天下を取るためには必要なんでしょ？」

「そうだけど・・」

「じゃあ、私は行く。だって私も兄さまの夢を一緒に見てるから。私もその夢のためにできることをする」としっかりと決心したように言い切るお市に
「ありがとう、必ず夢は叶える。一緒に叶えよう」と頭を下げる信長。

「大丈夫、兄さまと姉さまのように、その方と幸せになるから心配しないで」と明るく笑うお市だった。

お市の輿入れを条件に正式に浅井と同盟を結んだ信長は、美濃に手を伸ばしていった。

まず今の美濃の頭領である道三の孫にあたる斎藤龍興との会見を望んでみたが、龍興が受け入れるわけもなく、次の手をどうするか悩む信長であった。

「濃姫、すまない。話し合いで何とかなるかと思ったんだけど、話し合うことさえ断られた。でも、美濃は欲しい。まず美濃を手にしなければ天下までは届かない。もしかしたら戦になってしまうかもしれない。龍興は濃姫から見れば甥《おい》。忍びないのだが・・」

「父上が亡くなってから、私は美濃と関係を断ちました。父を手にかけた兄をもう兄とは思っておりません。兄の子龍興も同じ。そして、父は最後の文で美濃を信長さまに託したいと言っておりました。ですのでお気遣いなさらないでください。私は大丈夫です。美濃をお取りください。それが父の弔《とむら》いになると思っております」

「そう言ってもらえると気持ちが楽になる・・が、でも戦になるとまた百姓達が困ることになる。何とか戦を避け、美濃を手にする方法はないのかな」と頭を抱えているところに光秀が声をかける。

「殿、藤吉郎がお目にかかりたいと・・」

「藤吉郎が?何だろう?」

「ねねに会って欲しいと申しております」

「うまくいったのか?分かった」

「庭に通してもよろしいでしょうか？」

「いいよ。濃姫も会ってみる？」

「藤吉郎って、このところ光秀の下についたあの？」

「そう」

「で、ねねって？」

「ねねさんは藤吉郎の好きな人で、侍になったら嫁になってくれって口説《くど》いてたらしい」

「それがうまくいったのですね？」

「らしいね」

「私もあの藤吉郎と一緒になる人に会ってみたいです」と笑う。


光秀が庭に藤吉郎とねねを連れて来る。

庭にひれ伏す藤吉郎とねねに、庭に降りた信長と濃姫が顔を上げるように声をかける。

「良かったなぁ〜、藤吉郎」

「はい。頑張りました」との答えに大きな声を上げて笑う。ねねも藤吉郎の横で緊張した面持ちで
「ねねでございます」と信長と濃姫に挨拶をする。

それに濃姫も「濃です、よろしく」と答える。顔を見合わせ何かが通じたように、にっこりと微

笑み合う二人。

「ねねさん、藤吉郎でいいのか？」

「仕方ないです」

「仕方ないとは？」

「この男は自分が信長さまを天下人にする、そしていずれ自分も信長さまの下で大名になるって言います」

「ねねさんも藤吉郎が大名になって良い着物を着たいのか？」

「いいえ、藤吉郎は良いべべ着せてやるって言うけど、そんなものは欲しくはない」

「じゃあ、どうして？」

「おらは百姓の子です。お殿さまには悪いけど、百姓がどれだけお殿さまや侍達にひどい目にあわされてきたかずっと見てきました。戦に駆り出されて死んだり怪我をしたりした友だちもたくさんいます。でも、藤吉郎は信長さまは違うって言う。信長さまが天下を取ったら百姓も侍もない世の中を創ってくれるって、平和でみんなが笑っていられる世の中を創ってくれるって、俺も一緒にその世の中を創っていきたいって言う。だから、おらもこの男と一緒になることにしたんです。この男はこんなだけど、やるって言ったことはやる男です。それはおらも知ってる、お殿さまに天下を取らせるって言えば本当にする男です。だから一緒になることにしました」

「え?俺の夢のためにねねさんが藤吉郎と一緒になるってこと?」
ねねが話す意味がよくつかめず聞き返す信長に
「藤吉郎は女に目がない。女がこの男の力の元。今その力の元がおらなら、おらが一緒になってこの男が力いっぱい働けるなら、おらも力を貸す。平和な世の中を創ってくれるお殿さまの手伝いをおらもしたい」信長も濃姫も光秀もその言葉を聞いて吹き出す。
「女が力の元ねぇ～、確かに、でもそれは男はみんなそうだよ」と笑う信長に
「特に藤吉郎はそうだ」とねねも笑う。それを聞いて
「俺はねねを大切にする。絶対に大名になって良いべべ着せてやるから」と力説する藤吉郎に
「おらのことはいいから殿さまのためにしっかり働け」と叱る。叱りながらも藤吉郎を優しい目で見ているねねの横顔を見て濃姫が
「ねねさん、藤吉郎のことが本当に好きなのね」とつぶやく声を聞き、真っ赤になって下を向いてしまうねね。
「そんなことはないです」と小さな声で抗うが本音を隠せない。
「分かった、分かった、とにかくめでたい、良かったな藤吉郎、ねねさんを大切にしろよ。ねねさんも藤吉郎が何か悪さをしたら俺達に言ってきていいから。俺達からきつく叱ってやるから」と言う信長に、調子に乗った藤吉郎が

「信長さま、俺に何かできることないですか？」と聞く。

「ちょっと待っててくれ、今考えてることがある、もしかしたら力を借りるかもしれない」

「分かりました、何でも言いつけてください、何でもしますから」と頭を下げてねねと一緒に庭から立ち去っていく。


藤吉郎とねねが帰ったあと、また二人になった信長と濃姫。

「さっきのお話ですが・・」

「美濃攻めのこと？」

「はい、父道三の頃の美濃は、父のあの迫力で一枚岩でしたが、今はどうなのでしょうか？」

「どういうこと？」

「父の頃は父の一声で美濃に属するどこの城の城主も動きました。今の龍興にそれだけの力があるのでしょうか？」

「そういうことか・・それは盲点《もうてん》だったかもしれない。美濃が一枚岩でなかったとしたら・・」

「崩していけるかもしれません」

「そうだな、龍興の命令でどのくらいの城が動くか・・それによって美濃を落とす方法も変わってくるよな・・」

「兄は謀反を起こし美濃を手にしましたが、それを快く思っていない城主達もいるはずです」

「中から崩してみるか・・そうすれば無駄な戦をせずに済む」

「そうですね、私も育った国の百姓達を戦に出させたくはありません。信長さま、何か良いお考えはありませんか?」

「う〜ん、話してみるしかないか・・でもなぁ〜、どこから話すか・・城主とはいえ実質は美濃の家臣になる・・家臣が龍興を見放す?龍興を見放すということは美濃そのものがなくなるってことでしょ?そしたら自分達も城を失うってこと・・そんなこと承知するとは思えないよな」と考えているところに
「信頼関係じゃなくて利害関係でつながっているのなら、利害関係をぶつければいいんじゃない?」

「え?さくや?」と見るといつの間にか信長の隣にネコが座っている。

「びっくりするから急に話しかけるのやめてくれる?」と声に出して言うと
「ネコがいるのですか?」と濃姫も驚く。

「そう、急に出て来るからびっくりするよ」と言うと
「人をお化けみたいに言わないで」と不服そうにネコが答える。

「人じゃないし、それに見えないんだからお化けみたいに言われても仕方ないでしょ」とやり返すが知らん顔される信長。

「で、」

「あ、そうそう、利害関係をぶつけるってどういうこと?」

「そのままよ、どっちにつけば有利か、自分に利があるか考えさせるのよ」

「利があるか・・ねぇ〜」

「信頼でつながっていない関係の時は人は損か得かで考えるからね。後は自分で考えなさい」と言うと消えてしまう。

「あ、さくや」と探すがいない。

「なんだよ、いったい」とブツブツ言っていると濃姫が
「いなくなってしまったのですか?」と聞く。

「ホント、好きな時に出て来て、好きなことを言っていなくなっちゃうんだから。お化けって言われても仕方ないよ」とブツブツと文句を言う信長。

「利とは?」と濃姫が聞く。

「さくやが人は信頼関係ができていない時には利害関係で動くって言うんだよ」

「利害関係ですか?」

「そう」

「ならば簡単ではないですか。信長さまについた方が得ですよと城主達に話を持っていけばいいのです。先ほども申しましたが謀反に良い思いを持っていない城主もいます。その人達に話をしてみてはいかがですか？」

「でもなぁ～、自分で言うのもどうかと思うんだよな・・俺と組んだ方が得ですよって、なかなか言いづらいものがある。夢を一緒に語るならいくらでも話ができるんだけど得とか言っても信頼してもらえるかどうか・・」

「じゃあ、どなたかに行ってもらえば」

「そっか、あ、じゃあ、藤吉郎に任せてみるか・・何でも言いつけてくださいって言ったし」


美濃に属する北方城《きたがたじょう》で城主安藤守就《あんどうもりなり》と会見する秀吉《ひでよし》。

藤吉郎は光秀の下についた後、侍として生きる覚悟を自分に示すために藤吉郎から秀吉に名を改めたのである。

「この度は我が殿、織田信長に一任されてまいりました木下秀吉でございます。本日はこのような機会をいただき恐悦至極に存じます」と深々と頭を下げる。

「さて、織田さまからの使者ということでお会いしたが、本日はどのようなご用件で」とあまり歓迎していない様子で尋ねる城主に

「単刀直入にお話しさせていただきます。織田信長とお手を組んでいただきたい」

「それはまた無体《むたい》なことを申される。我が安藤家は道三さまの頃より斎藤家、美濃国の家臣としてお仕えしているものであることをご存じのことと思いますが・・」とあからさまにイヤな顔をする。

「もちろん承知の上でのご提案にございます」

「ならば、即刻お帰りいただきましょう」

「少々お待ちを、私の話をお聞きいただいてからでも遅くはないと存じますが・・」

「聞く気はない・・と織田さまにお伝えください」と頑《かたく》なな安藤守就に突然不遜《ふそん》な笑みを浮かべ

「よろしいのですかな？」と言い返す秀吉。

「どういう意味だ？」と顔色を変える安藤守就に

「信長さまは美濃を手に入れようとなさっておられます。それはご存じのこと」

「・・・・・・」

眼力《がんりき》を強め言い放つ秀吉。

「あの強大な勢力を持った今川をたった二千の兵で倒した信長さまにございますぞ」「・・・・・」

「今の美濃の頭領、斎藤龍興さまではいかがでございましょうかな？」

「・・・・・・・」何も言えず固まる安藤守就を前にしながら膝を崩し胡坐をかき今度は人懐こい笑顔で話を続ける。

「実は私は今川軍で足軽として戦っておりましてな、信長さまが今川義元さまを討たれるところもこの目でしっかりと見ておりました」

「今川義元の・・」話に乗って来たのに乗じて

「安藤さま、これはここだけの話でございますが・・」と声を低くし、手をひらひらとさせる。そのしぐさについつい乗ってしまい秀吉に近づく安藤。

「ここだけの話でございますが・・」と再度言う秀吉に「うん」と少し怖々うなずく。

「信長さまは・・・鬼でございます。誠に怖ろしいお方です。自分に楯突くものに対しては容赦《ようしゃ》ない。今川義元さまになされた所業《しょぎょう》はとてもとても口に出せるものではございませんでした。義元さまの家臣達にもそれは容赦なく・・思い出しただけでもまだ震えが止まらないありさまで・・ほれ、この通り」と自分の震える手を見せる。

「鬼・・やはりそうなのか?噂には聞いておったが・・弟までひどいやり方で手にかけたと・・」

「あの方は正真正銘《しょうしんしょうめい》の鬼でございます。誰も止められない。そして、濃姫の父上を手にかけた義龍殿に対しては憎悪《ぞうお》の念さえもお持ちです。信長さまにとっては美濃攻めはただの領地拡大のためだけではなく、道三さまの弔い合戦でもございます」

「そうなのか？」

「どうでございましょう？　あなたさまが信長さまと手を組まれた暁には、　あなたさまの城はそのままに置かれます。信長さまの家臣として他国からも守られましょう」

「・・信長の家臣として・・」と少し考える安藤守就に畳みかける秀吉。

「ただ、もしあなたさまがそれでも龍興さまにお付きになるとおっしゃるならば、城はもちろんのこと、あなたさまもあなたさまのご家族、ご家臣がたもどのような目におあいになるか・・私は考えただけでも怖ろしうございます」

「・・・・・」

「曽根《そね》城主であられる稲葉《いなば》さまも、加治田《かじた》城主であられる佐藤さまもご決心遊ばされました」

「稲葉も佐藤もか・・」

「この話は安藤さまにとって決して悪い話ではございません。今ご決心なされませ。信長殿は気短こうございます。一度お断りなされてしまうと後はどのようにお謝《あやま》りなされてもお許しいただけない。私は安藤さまとご家族、ご家臣達の身を案じて今このようにお話しさせていただいております。いかがでございましょうか？」

と、安藤が考える余地も与えずせっつく秀吉の言葉に押されて
「織田殿によろしくお伝えください」と頭を下げる。

また正座の姿勢に戻した秀吉は「では、安藤殿は織田に従うと？」
「はい」
「ありがとうございます。では、早速ですがこの書面に血判《けっぱん》を押していただきたく存じます」と差し出す書面に安藤が血判を押すと
「すぐにでも信長さまにこの朗報をお伝えしたく存じます。では、ごめん」と頭を下げそそくさと座を立ち去る。

清洲城に戻った秀吉はすぐに信長のところに安藤から受け取ってきた書面を持って行く。

「あの安藤がよく血判を押したなぁ～、すごいぞ秀吉。見事だ」と褒める信長に、照れくさそうに「どれだけ信長さまがすごいお方かを説きましたところ、すぐに判を押しました」と答える。

「何を言ったか知らないけど、何か照れるな」

「いえ、本当のことを包み隠さずお伝えしただけです」と笑いながら答える。

「で、この後はどうする？」

「明日は曽根城に行ってまいります」

「曽根城というと稲葉《いなば》良通《よしみち》か・・あの御仁もなかなか頑固と聞いてる。できるか？」

「今日のことでコツはつかめました。大丈夫です。必ず判を押させます。早い方がいいと思いますので、曽根城のあと、すぐに加治田城の佐藤さまの所にも行ってまいります」

「そんなに急がなくてもいい」

「いえ、ちょっと事情が・・」

「事情とは？」

「先ほど安藤さまにもうすでに稲葉さまも佐藤さまもご決心なられましたと・・言ってしまいましたので、ちょっと急がないと・・」と苦笑いを浮かべる秀吉に
「まだ何も交渉していないのに、もうこちらに付いたと言ったのか？」と呆れた顔になる信長。

「はい、ちょっとその場の雰囲気で口が勝手に・・」と口ごもる秀吉に大笑いする。

「大丈夫でございます。必ず稲葉さまからも佐藤さまからも血判をいただいてきますので・・」

と強く言い切る秀吉に
「お前に任せたのだから俺は何も言わない。やりたいようにやってくれ」と答える。

安藤、稲葉、佐藤達の後も着々と美濃の城主達に血判を押させていく秀吉。

その動きを察知《さっち》した龍興は焦る。

「信長の奴、姑息《こそく》な手を・・こちらに付く城主はどのくらいいる?」と家臣に聞くと
「・・ほぼ信長側に・・」

「何をしていた?お前達は信長の動きに指をくわえて黙って見ていたのか?」と怒鳴るが何も言い返さない家臣達。

「残るはこの稲葉山城とお前達だけか・・」下を向いてしまう龍興の重臣達。

「何か手はないのか?」と聞くが何も答えない。

「情けない、いつからこの斎藤の家来達はこんな腑抜けになってしまったのだ。誰も良い手は思いつかないのか?」と家臣達を罵《ののし》る龍興にまた新しい知らせが入る。

「殿、信長が動いたとの情報が・・」

「信長が、動いた?」

「はい、百姓どもが騒いでおります。この稲葉山城に向かって大軍で押し寄せてきていると・・」

「信長め、迎え撃つぞ、兵の用意をしろ」と叫ぶ。

急いで戦の支度を始める家臣達であったが、置かれている状況を見て士気が上がらない。「信長を討つ、絶対に討つ、分かったな」と発破《はっぱ》をかける龍興に
「しかし、あまりにも状況が悪うございます。前からは織田、後ろには浅井がおります。この状況で無理に戦をしても勝ち目はございません。まだ間に合います、織田との話し合いに持っていっ

てはいかがでございましょう?」と言う家臣に烈火のごとく怒り
「この腑抜けどもが、もういい、お前達など頼りにはせん、ひとりでも戦う」と言い張る龍興に逆らうことができず信長を迎え撃つ用意をする家臣達。

だがその目に見たのは怖ろしいほどの大軍であった。そして、その強さでもあった。

抵抗はしてみたが軽く蹴散らされて行く龍興の兵達。

正面を守っていた兵達がバラバラに逃げ始める。それを見た重臣達も
「殿、もう無理にございます。お逃げください」と龍興の腕を引っ張る。

抗う力も気力も失った龍興は自ら稲葉山城を放棄し伊勢国《いせのくに》の長島《ながしま》に敗走したのである。

龍興が敗走し明け渡した形になった稲葉山城を岐阜城《ぎふじょう》と名前を変え、信長は清洲城からここへ居城を移したのである。これで晴れて信長は尾張と美濃の二国を平定した。

この一連の働きにより秀吉は、柴田勝家、池田恒興、丹羽長秀、明智光秀らと肩を並べる重臣に引き上げられたのである。

浅井長政の居城。キャッキャとはしゃぐ声が響く。

「それ」と優しく毬《たま》を転がす長政。その毬を声を上げながら嬉しそうに追いかける娘達。

「父上様が遊んでくださると子ども達は大喜びです」とその様子を見ながら嬉しそうな顔で長政に

話しかけるお市。

「なかなかこのような時間が取れなくて、お市にも娘達にも申し訳ない」

「仕方がございません、殿は、お忙しいですから」と話しながらも毬を転がす長政が娘に「これこれ、そんなに急いでは転ぶぞ」と声をかけると同時にバタッと大きな音を立てて転ぶ娘。「ほらほら、お父上がおっしゃった通りになった」と助け起こそうとすると助けはいらないとばかりにお市の手を払いのけ自分で起きようとする。泣きもしない。その顔を見て「本当にこういう顔は兄さまにそっくり」と笑う。

「信長殿もこのような顔をするのか？」

「ええ、気に入らないとプッとほっぺを膨らまして・・」と信長の話を続けようとするお市に「茶々さまは当家、浅井のお子さまでございます。茶々さまだけではございません。お子さまはすべて皆さま当家、浅井の大切な宝にございます。それをお忘れなきよう」という厳しい言葉が近くにいた侍女の口から出る。

ちょっと舌を出して肩をすくめるお市。長政は
「そのような言い方をしなくてもいいではないか」と侍女をたしなめようとするが
「そのような甘いこと。何年も経たれるのに奥さまはまだ当家、浅井にお輿入れされた自覚が少ないのではないかと」とキッとした顔でお市を見る侍女。

「殿もそうでございます。そのようなご覚悟ではこれから先が思いやられます」と今度は長政に小言を言い始める。これはまずい方向へ行くと察した長政は

「分かった、分かった」と言いながら茶々を抱き上げ、他の二人の娘も一緒に連れて来るようにお市に目配せをする。

侍女がいなくなったあと、

「久しぶりに会ったが、トキは相変わらず怖いな」とお市に笑う。

「はい」とお市も笑う。

「すまないな、お市を嫌ってあのようなことを言うのではない」

「はい、分かっております」

「なるべく私もここに来るようにするが、堪忍《かんにん》してやってくれ」

「こちらのことはお任せください。あなたさまはしっかりと兄上とお働きくださいませ」と言った口で

「あ、こんなことを言ったらまた侍女達に叱られますね」とお茶目に口を手で覆《おお》うお市を愛おしそうに見る長政。

京に上るの山の中を必死の形相で馬で駆け抜けていく信長。

「考えろ、次だ、次はどうする?・・考えろ・・」と何度も自分を奮い立たせるようにつぶやきながら、馬を走らす。

数時間前、信長と家康の軍は朝倉軍と戦っていた。敵は前にいる朝倉だけだと思っていたところに不意に後ろから浅井軍が信長に向かって来たのである。同盟を結んでいた浅井の思いもしない裏切りに、何もできず逃げるしかない信長と家康であった。

数週間前、信長は長年織田と小競り合いを繰り返してきた朝倉義景《あさくらよしかげ》に会談を申し込むが、信長の所業をことごとく嫌う義景がそれを受けるわけもなく信長の使者に対して侮蔑《ぶべつ》的な態度で追い返したのである。

朝倉義景の居城である一乗谷城《いちじょうだにじょう》に浅井の重臣である、遠藤直経《えんどうなおつね》、海北綱親《かいほうつなちか》、赤尾清綱《あかおきよつな》らが集まっている。

「信長から会見の申し込みがあったが、蹴散らしてやりましたわ」と浅井の重臣達に自慢げに話す義景に

「我が殿、長政さまには私どもも手を焼いております」と遠藤直経が答える。

「先代から同盟を結んでいる朝倉様を差し置いて、よりにもよってあのうつけと同盟を結ぶなど正《しょう》気《き》の沙汰《さた》とは思えません」

「あのうつけ、いい気になってこの儂と話がしたいなどと、思い出しただけでも吐き気がするわ」

「まったくでございます」

「どうです、遠藤殿、海北殿、赤尾殿、この際一緒にうつけを討ちませぬか？」

「いや、しかし、殿が同盟を結ばれてしまいましたので・・」

「何をおっしゃいますか、浅井を実質動かしておられるのは、遠藤殿、海北殿、赤尾殿、お三方ではございませんか？」

「はぁ、まぁ、そうでございますが・・」

「長政殿はしょせん飾り物、お三方が動けば浅井家はそのように動くのでは？」という義景の言葉に気を良くした三人は

「まぁ、私どもが命令いたしますれば浅井の者は動きますが・・」

「そうでございましょう、そうでございましょう・・」と持ち上げたあと

「いかがでございましょう、ここで多少なりとも名を上げてきている信長を討てば、我らの名が天下にとどろき、他の大名達も我らに従うというもの・・一緒に天下取りとまいりませんか」と持ちかける。

その気になった三人は

「で、どういたしましょうか？」と話に乗り始める。

「まず、信長を誘い出しましょう」

「どうやって？」

「間者達を使って、朝倉が美濃に攻め入ろうとしているとの噂を流すのです」

「して？」

「その噂を聞きつけた信長は必ず動きます。そして、我が領地へ誘導《ゆうどう》して来るのです」

「朝倉様の地へ？」

「そうです、信長は浅井を同盟国だとして安心しきっておりますので、後ろは気にせず前だけを見て進軍してまいりましょう。そこへ後ろから浅井殿の軍が挟《はさ》み撃《う》ちにいたすのです」「それは良いお考えで・・」と海北がうなずくが

「しかし、いかにお飾りとはいえ長政様は浅井の頭領、その頭領が首を縦に振らなければ・・さすがに・・なんとも・・」と渋い顔をする赤尾。

「先代が動かれればいかがでございましょう?」

「先代の殿でございますか?」

「そう、お三方が追放なされた先代でございます」と含み笑いをする。

苦い顔をする三人であったが、お互い顔を見合わせ無言でうなずき合う。

「ただ、長政殿には最後の最後までこの計画はお伏せください。我が領地に信長軍が入ったのをみはからって、その時に朝倉へ寝返るよう先代とともに説得するのです。そうすればさすがに長政殿も首を縦に振らざるを得ないでしょう」と自信に満ちた表情で付け加える。


信長の居城である岐阜城に激震《げきしん》が走る。

数週間前に和平を目指して会談を申し込んだ朝倉が、何の前触れもなく美濃に進軍して来るという情報が入ったのだ。

「それは確かか?」

「はい、もうすでに朝倉軍はこちらに向かっているとのこと」

「なぜ、今になって？」

「分かりません、ただ早く迎え撃つ準備をしなければ・・」

「勝家、弥助にすぐに軍の用意をするよう伝えてくれ」

「は、」と急ぐ勝家、

「光秀、家康殿はこのことを知っているのか？」

「同じ情報が入っているかと存じます」

「では、出陣する旨を家康殿に」

「は、」

「重臣達を集めてくれ、秀吉」

「は、」とそれぞれに走りだす。

「どうして、今頃・・」何かが胸に引っかかる感覚を感じたが、急ぎ支度をしている間にその感覚を忘れてしまう信長。

重臣達が集まって来る。

「殿、いかがいたしましょう？」

「迎え撃つしかないだろう」

「は、」

「美濃の地に入れるわけにはいかない、早めに出て美濃の外で迎え撃つ」

「は、」

「しかし、美濃の外で戦うのは危険でございます。どこから他の勢力が加勢するか分かりません」

「大丈夫だ、家康殿が後ろに来てくれるし長政殿もいる。後ろは気にしなくても大丈夫だ」

「は、」

「勝家、恒興はここにいてくれ。光秀、長秀、秀吉は一緒に来てくれ」

「は、」取り急ぎ出兵する信長軍。

美濃の国境に来ると朝倉軍が待ち構えるようにすでに来ていた。

信長の軍を確認すると少し後ろに引く朝倉軍。美濃の国境から朝倉軍を入れたくない信長軍はそのまま国境を出て戦いを始める。思いの外手ごたえのない朝倉軍を少しずつ追い詰める信長軍、後ろからは家康軍も応援に駆けつけて来たこともあり、勢いをつけどんどん進軍していく信長軍。完全に朝倉の領地に入る頃・・浅井長政の小谷城《おだにじょう》では・・

「これは何だ?」と戦の準備が整った浅井軍を見て長政が遠藤直経に厳しい声で問う。

「今から信長征伐に向かわれた朝倉軍に加勢いたします」と答える。

「何を申しておる。信長殿とは同盟を結んでいるのは知っておろう?」

「は、」

「では、これはどういうことだ?」

「朝倉さまとも先代の殿の頃から同盟を結んでおりますゆえ・・」

「ふざけたことを・・朝倉とも織田とも結んでいるということは何も手出しはしないということだ。我が浅井はどちらにも兵は出さぬ」と言い切った時に長政の父である久政《ひさまさ》が顔を出す。「父上・・どうして・・」

「遠藤達が困っておる。織田の信長と同盟を結んだそうだな」

「はい」

「お前は何を考えておる。織田は、長年朝倉と同盟を結び戦ってきた浅井の敵であるぞ。その敵と同盟を結ぶなど正気の沙汰ではないわ」

「しかし、私は信長殿の夢を一緒に叶えると約束いたしました」

「夢だ?このたわけが・・そんな甘い言葉に乗せられおって、情けない。今すぐ出兵しろ。今なら織田はお前を信じて背後を守っていない。今背後を襲えばいかに織田軍でもひとたまりもないわ」と大きな声で長政に命じる。

「それでは裏切りではありませんか?」

「戦況は刻々と変わる。勝ち馬に乗るのがこの戦国の世を生き抜く力じゃ。甘いことをぬかすな」と一喝され何も言い返せない長政。遠藤達重臣に
「お早くご決断を。今この機を逃せば織田を制圧することができませぬ。殿、あなたは浅井の頭領でございます。織田の家臣ではございません。それをお忘れなされるな」と厳しく諌《いさ》められる。

父と家臣達に厳しく追い詰められ、観念する長政。

「出兵する」


浅井を信じ背後を警戒してなかった信長のところに早馬が走って来る。

「浅井が、浅井が寝返りました」

「浅井が?何かの間違いではないのか?」

「後ろから我が軍を攻めております」

「浅井が、寝返った?」浅井の寝返りを知り家臣達は大きく動揺する。

「浅井め、許さん」と口々に浅井を罵り始める。

「やめろ、次だ、次を考えろ。終わったことを考えるな。浅井のことはいい、放っておけ」と蜂《はち》の

巣をついたような騒ぎになっている家臣達を一喝し、自らも次の手はどうすべきかを考え始める信長。前からは朝倉、後ろからは浅井・・

「どうする?考えろ、考えろ・・どちらにも兵をかけられるほど兵力はない」

その時、秀吉が「殿、とにかく殿はお逃げください。ここはまず大将が逃げ態勢を立て直すのが先です」と、声をかける。

「しかし、兵達が戦っている時に俺が逃げるわけにはいかない」

「兵も逃がします、できるだけ逃がします。殿が捕らえられれば織田はお終いです。天下を取ることも叶わなくなります。逃げてください」と泣き叫ぶように頼む秀吉。

「秀吉・・」

「私が信長さまがお逃げになる間、しんがりを務めます。ですから、お願いですから、信長さま、お逃げください」少し躊躇《ちゅうちょ》する信長であったが「分かった」と答える。

その時に光秀が「私もしんがりを」と名乗り出る。

「光秀さまが一緒に戦ってくださるなら鬼に金棒。お任せください。信長さまはご自身の身だけを」と早く逃げるように急《せ》かす。

「家康殿にも逃げるように伝えてくれ。頼んだぞ」と身をひるがえし馬に乗る信長。

「とにかくこの場を去り態勢を立て直す。それからだ・・次だ、次はどうする?考えろ、考えろ」

と自分を奮い立たせながら馬を走らせ続ける信長であった。

「ご無事で・・」と祈るようにつぶやいた秀吉と光秀はしんがりを務めるべく戦いの場へ進んでいく。二人に従う兵達は弥助が訓練した強者《つわもの》ぞろいである。

「信長が逃げたぞ〜、追え〜」と信長が逃げたことを知った朝倉の家臣達は前線の兵達に命令するが、ろくに訓練もしていない朝倉の兵達では太刀打ちできず、逃げる信長を追うことができなかった。

信長、家康を捕りそこない、しんがりの秀吉、光秀にも歯が立たない。このまま戦っていても埒が明かないと朝倉と浅井の軍は引き返して行った。

戦いから帰って来た長政を迎えるお市。責めるでもなく、怒りを表すでもなく、笑いかけるでもなく、ただただ無表情に長政を見つめる。その表情にかける言葉もなく長政もただお市の顔を見続ける。二人のまわりでは戦で興奮した家臣達が口々に戦果《せんか》を自慢し合っている。しばらくしてお市が絞り出すような声で

「兄さまは？」と問う。
長政が低い声で
「お逃げになられた」と答えると、ホッとため息をつく。
信長は捕りそこなったが、戦に勝ったと思って興奮している家臣がお市に
「織田はもうお終いでございますなぁ、お方さまももうお帰りになられる所がなくなってお気の毒にございます」と軽口を叩くとそれに乗じて別の家臣が
「人質としての価値がなくなりましたかな？」などとお市を小馬鹿にしたような発言をする。
その言葉を聞いて突然烈火のごとく怒り、その家臣に刃《やいば》を突き付ける長政。
「誰が人質だと？」あまりの剣幕《けんまく》に驚く家臣。
今まで見せたことのない鬼気迫る顔で
「これ以上市を愚弄すると許さん。市は私の正室だ、忘れるな・・」と押し殺した声で言い放つ。
「申し訳ございませんでした」と謝る家臣に
「市に謝れ」と言い市を指さす。家臣は這うようにお市の前に進み土下座して謝る。家臣には目もくれず、小さな声で
「織田との同盟の順守《じゅんしゅ》においても長政さまにその強いお覚悟がございましたら・・」とつぶやく。
長政はそれを聞き、ただ押し黙るしかなかった。

この後、朝倉、浅井と織田の関係は拮抗《きっこう》状態が続くことになる。

命からがら京まで逃げ延びた信長。ここまで来れば追手《おって》は来ないだろうと胸を撫でおろしていると京の町を不思議な格好をした人達が通る。赤い髪をして背も高く顔も日本人とはまるで違う。着ている物も見たこともないような服でとにかく目立つ。そのまわりには付き人のような侍も何人か一緒にいた。京の人々も遠巻きにしながらも興味津々《きょうみしんしん》で見ている。

「あれは?」と近くにいた人に聞くと「南蛮人《なんばんじん》だとさ」

「南蛮人?」

「遠い異国から来たらしい」

「異国?どこにある、その異国とやらは?」

「さぁ、知らないねぇ」

「何をしに来た?」

「聞くところの話によると将軍さまに会いに来たんだとさ」

「将軍に?」首をかしげる信長だが気になって仕方がない。

南蛮人の近くに行って話をしてみたいと思ったが、命からがら逃げてきた今の身を考えると目立つことは避けた方がいいと判断しそのまま見ていることにした。

この南蛮人達は、ルイス・フロイス率いるポルトガルのカトリック教会イエズス会の宣教師《せんきょうし》であった。イエズス会の宣教師達は遠くポルトガルからインド、アジアの国々に渡りカトリック教を広めるため来ていたのである。

第十一章

ルイス・フロイス

宣教師達が逗留している京の宿の一室で手紙を書いているルイス・フロイス。

――「親愛なるザビエル卿《きょう》、私は無事に日本に着きました。教えていただいた通り将軍に会い、日本での布教活動の許可を得ることができました。あとは日本全国を回り、今までのインドやアジア諸国のように進めてまいります。一見したところ、この国の人々は従順《じゅうじゅん》でおとなしく、そう時間もかからないと思います。あとは神のご加護《かご》の下に――

と書き終え、近くにいた部下に手紙を渡し、近々日本を発つ船の船長に渡すように命じる。

京に逃げ延びた信長は、風の便りに浅井朝倉軍を秀吉と光秀が見事に止め、戦は終わったと聞き岐阜城に引き返した。信長の消息が分からず気をもんでいた家臣達は、信長の無事な姿を見て安堵のため息とともに喜びの涙を流し迎え入れた。

その家臣達の中に秀吉と光秀の姿を見つけ走り寄り

「ありがとう、おかげでこの通り無事だ」と声をかける信長。

「ご無事で何よりでございます」と涙ながらに答える秀吉と光秀に

「家康殿は?·家康殿はご無事か?」と問いかけると「ご無事でございます。家康殿も京へ逃げ延び、三河へお帰りになられたと忍びの正成から連絡がございました」との光秀の答えに心底ほっと胸を撫で下ろす信長であった。

そしてまた「後はお市だ、この状況でお市が辛い目にあっていなければいいが・・もし、お市に何かあるようならばすぐにでも救い出さねばならない」と心配する信長に今度は秀吉が「お市さまは長政の正妻にございます。それに、今回のことは信長さまが裏切ったのではございません。長政が裏切ったのでございます。それゆえお市さまには何もできないはず」と声をかける。

「そうだな」

「今回は後ろから不意を突かれ信長さまも苦境に陥《おちい》りましたが、次に何かあった時は信長さまの方が兵力としては断然有利。それを長政は分かっております。だからお市さまに対して信長さまを刺激するようなことはしないと思います。ですから、お市さまは大丈夫です。ご安心なされませ」と言う言葉に信長はまたほっとした顔になる。

そこへ急いで駆けつける濃姫。

「信長さま、よくぞ、ご無事で」

「心配をかけた。ごめん」と謝る信長。

「本当に、本当にご無事で・・」と涙を拭く濃姫に

「京ですごい者達を見たんだ」とあっけらかんと話し始める信長。その能天気な表情に今まで涙を流していた濃姫はムッとする。

「みんなを心配させておいてなんでございますか。いったい、どういう状況で京にいらしたのか、お分かりですか?」と厳しい声で信長を叱りつける。

「そう怒るなよ、分かってる、本当にみんな心配かけてごめんなさい」と頭を下げるが、どうしても京の南蛮人のことを話したくて仕方がない。

「真っ赤な髪をして、こんなに大きいんだ」と身振り手振りで南蛮人の話をし始める。呆れた顔をしながらも、その話に引き込まれていく濃姫や家臣達。

見たこと全部を話して落ち着いた信長が、

「でも、南蛮人って何をしにわざわざ遠い異国から来たのだろう?将軍に会うためだけとは思えないんだけど」と独り言のようにつぶやくと、勝家が

「カトリックとやらの神さまの話を伝えに来たと聞きましたが」と答える。

「カトリック?神?なんだそれ?仏と違うのか?」

「仏とはまた違うようで・・いろいろな南蛮人が来て全国で神とやらの話をしているそうでございます」

「ふ～ん、仏ではない、神か・・会って話を聞いてみたいな」

「また無茶なことを」と濃姫が叱るが、

「でも、何のためにその神とやらの話をしに来たのか知りたい。これから天下を取った後にもその南蛮人と付き合わなければならないとしたら、その者達と会って話をしておかなければ・・」という言葉に思わず納得してしまう。

「光秀、その者達をこの城にお連れできないか？」

「は、何とか・・」

「頼む、それから源太に、その者達についての情報を集めるように頼んでくれるか」

「は、」

「頼んだぞ」


数日後、光秀がルイス・フロイスを伴って岐阜城に戻って来た。

会見場に通されたフロイスは立ったまま信長を待っている。入って来る信長はフロイスの大きさに目を奪われるが、そのような態度は微塵《みじん》も見せず堂々とフロイスの前に立つ。

お互い何かを確かめるようにじっと見つめ合う二人。しばらくしてフロイスが軽くお辞儀《じぎ》をして

「ルイス・フロイスでございます」とたどたどしいが、しっかりとした日本語で挨拶をする。「我が国の言葉をお話しなさるのか？」と問うとにっこりと笑って「勉強いたしました」と答える。

「お越しいただきありがとうございます。織田信長にございます」

「お招きいただき恐縮《きょうしゅく》です」と丁寧に言葉を返すフロイスに感心しながら
「お座りいただけますか？」と座るように勧《すす》める。胡坐をかくフロイスを見て信長も胡坐をかく。

「フロイス殿は将軍に会われたそうですが・・」

「はい、我が神と御子《みこ》キリストの教えを広める許可を頂きにまいりました」

「許可は出たのですか？」

「はい、頂きました。全国どこにでも行っていいとのご許可を頂きましたのでこうして信長さまにもお会いすることができました」

「そうですか。しかし、我が国にも仏がおります。仏と神では合わぬのではありませんか？」

「我が神はすべてをお創りになられた創造主にございます。そしてその御子キリストが神の言葉を我々に伝えてくださっているのです。神は慈悲《じひ》の愛を説いておられます」

「では、あなたのお国では皆が平和で幸せに暮らしていらっしゃるのですか？」

「はい、神を信じる者は幸せです」

「神を信じる者は？では信じない者はどうなるのでしょうか？」

「神を信じない者は神の慈悲を頂くことはできません」

「幸せにはなれないと?」

「はい」

「では、あなたのお国では神を信じない者が戦をしているのですか?」信長の質問の意図《いと》が分からず小首をかしげるフロイス。

「少し小耳に挟みましたところ、あなたの国やまわりの国では戦が絶えぬと・・神の慈悲に守られていない者達が戦をしているのですか?」言葉に窮《きゅう》するフロイスに
「我が国でも仏の慈悲を説きながら戦をしている僧達がおります。私はこれが理解できないのです。なぜ仏の慈悲を説きながら戦をするのか?私には分からないのです」

「我らは神の名のもとに戦をします」

「神の名のもとに?神はおひとりと伺いましたが、その神をめぐって戦をなさるのですか?」ケンカを売られていると思ったのかフロイスは機嫌が悪くなる。それを察知して
「申し訳ございません、あなたの神を愚弄しているわけではないのです。私は平和な国を創りたいと願っております。平和を望みながらも戦をしなければいけない。それがとても辛いのです。ですから、フロイス殿のお国では大名達はどのようになさっておられるのかを知りたいと不躾《ぶしつけ》なことをお聞きいたしました」と頭を下げる信長。

「平和な国を創りたい？」と逆に質問された信長は自分の夢を語り始める。縄文の頃の話をし、そのような国を創りたいと思っていると熱く語る信長の顔を驚いたように見つめるフロイス。

「あなたのお国では神を信じる者達は平和で、神を信じない者達が戦をされているということでしょうか？」とまた素直に聞く信長。何も答えないフロイス。

「では、あなたの神を信じれば、私は縄文のような国を創ることができるのでしょうか？　国の人々が身分などなく、みんな分け隔《へだ》てなく笑って暮らせる国を創ることができるのでしょうか？」とまっすぐな目でフロイスを見て問いかける信長に
「・・信長さまは天下を取りたいとおっしゃった。それは民達のためですか？」と不思議そうに聞き返す。

「はい、先ほどから何度も申し上げてるように私はみんなが笑って暮らせる国を創りたいのです」

信長の言葉に嘘偽《うそいつわ》りがなく、それが本心だと感じたフロイスは脱力したような表情で「驚きました」とつぶやく。

「何かおかしなことを申しましたか？」と問うと
「私も深く疑問を持っておりました」と答える。

「私は神を信じております。ひとりでも多くの人が神の慈悲のもと、幸せになれればと思い宣教師となって世界を回っております。神の国を広げることが神の慈悲を受け取ることができる人、幸

せな人々を増やすことだと教えられております。しかし、このところ疑問を持っておりました」

「疑問とおっしゃいますと?」

「神の国を広げるということです」

「神の国を広げることに何の疑問が?」

「神の国が広がっても幸せな人は増えないのです。むしろ減っていくとさえ感じます。我が国や周辺の国々は豊かになりました。しかし布教した国の民は貧しくなっていくのです」

「どういうことですか?」

「神の名のもとにインドやアジア諸国を我が国が統合《とうごう》しました。神の国となったのですから豊かになるはずなのですが、人々は幸せにはなれず、笑顔がどんどんなくなっていきました。私はそのような光景を見て疑問を感じずにはいられませんでした。しかし、それも神の御業《みわざ》と思い疑問を押し殺してきました。でも、今信長さまの国創りのお考えを伺いはっきりと疑問が解けました」

と信長の目をしっかりと見つめ「お人払いをお願いいたします」と告げる。

人払いをし二人きりになったところでフロイスが話し始める。

「国を統合する方法をお伝えいたします」

「統合する方法?」

「はい、我が国が他の国を統合する、のみ込む、我が領地とする方法です」

「そんなことを言っていいのですか？」

「はい。信長さまにはお伝えしておかなければいけないと思いました」

「で、どのように？」

「まず私達宣教師が国に入ります。そして、その国の偉い人から布教活動の許可を得ます。大抵の国の偉い人達は我が国の威光《いこう》を感じ、我らを見ると怖れ許可を出します。

その許可を手に大手を振って国の隅々《すみずみ》まで歩き回るのです。もちろん神の言葉を伝え、神の御業を伝え、カトリックに入信するように勧めますが、一番の目的はその国の内情を知ることです」

この言葉に驚き
「それは間者ということですか？」との問いに
「はい、私達の言葉ではスパイと言います」としっかりと答えるフロイス。

「間者だったのか・・」

「はい、そして、その情報をもとにしてその国を統合する方法を考えます。どこが弱いところかを見極《みきわ》め、そこから武力で制圧するのです」

「最後は武力で・・」

「はい、我が国は強いです、たくさんの武器を持っています、それも最新の武器です。

ですから、特にアジア諸国は武力では太刀打ちできません。そして、我が国の領土として占領されていくのです」

「なんていうことを・・」

「これまでもインドから西の諸国はこのように我が国や周辺の国々に占領されていきました。神の国がどんどん広がって幸せになる人が増えていくと信じていたのです」

「神はそれを望んでおられるのか？」

「こうなっては私には分かりません」

「なんと・・」と言葉を失う信長。しばらく無言で向き合う二人。

「私は報告の手紙を書かなければいけません。どうすればこの国を治めることができるのか？どこをどう攻撃すればこの国を落とすことができるのかを・・」

「もうそれほど調べられたのか？我が国の弱点はどこにある？」と聞く信長に
「私は信長さまにこの日本という国を見ました。あなたは他の国主とは違う。あなたは怖れない、そして、大きな夢がある。私はそのことを報告します」

「では・・」

「はい」

「しかし、そのような報告をすればあなたのお立場が・・」

「私は病気になります。そして、このまま本国へ帰ります」

「ありがとうございます、フロイス殿。よく教えてくださいました。皆に代わって心から感謝いたします」

「その代わりに必ずあなたの国を創ってください。みんなが豊かで幸せで笑っていられる国、その縄文のような国を創ってください。お約束ください」と深く頭を下げるフロイスに「必ずそのような国を創ります、その時はフロイス殿も我が国に再びいらしてください」と答える信長。


宿に帰り報告書を書くフロイス。

――親愛なるザビエル卿、ご報告いたします。日本という国を見てまいりましたが、最初に感じた印象とは大きく違っておりました。日本の人々はおとなしく感情も露わにすることもなく一見従順に見えますが、彼らの中には芯が一本通っております。気品に満ち、聡明で高き誇りを持つ民族です。脅しても屈服《くっぷく》はいたしません。今までの国々のように脅かせば彼らは黙ってはおりません。屈服するどころか最後のひとりになるまで戦い続けるでしょう。

日本に関しては、方法を変えた方がよろしいかと思います。その方法がはっきりと分かるまではしばらくこのまま手を出さずにいることを進言させていただきます。その方法を探りたく思っておりましたが、私はこのところ体調が優《すぐ》れず本国への帰還《きかん》を望みます。

本国にて日本への侵攻《しんこう》の方法をご相談いたしたくお願いいたします。
すべては神のご加護の下に――

との手紙をフロイスが送ったことで、イエズス会の日本への侵攻は一旦うち止めになった。

第十二章 本願寺勢力

フロイスとの会見の数日後、岐阜城では勝家、秀吉、光秀、恒興など織田家の重臣達が集まっていた。「フロイス殿のおかげで異国の情報が手に入った」と信長が言うと
「まさか、そのような企《たくら》みがあったとは・・」と勝家が返す。

「今は一旦フロイス殿のおかげで静まったが、このまま引き下がるとは思えない。国の中がこのような状態の時に南蛮人達まで相手にしなければいけないのは正直辛いな」

「武力では負けます」と恒興。

「すぐに武力でどうこうはしてこないとは思うが、きっとまた間者はやって来るだろう。その間者達とどう付き合っていくかが問題だな」と秀吉の顔を見る信長に
「追い返すと角がたつ、将軍や朝廷が布教を許しているのですから」

「しかし、このまま手をこまねいているわけにはいかない。どうする?秀吉、何か良い知恵はないか?」

「ぬらりくらりとやり過ごすほか手はございません」

「ぬらりくらり・・か」

「はい、追い出すのではなく、しかしぬらりくらりと少しずつ道を狭めていく方法しかないかと・・」

「なかなか難しいな・・まだ時間はある。皆も考えておいてくれ」

「は、」と重臣達が答える。

「ところで、仏の方はどうだ？」

「本願寺勢力の僧達でございますか？」

「そうだ」

「朝廷の目こぼしをいいことに、もうやりたい放題でございます」

「南蛮人よりも問題だな」

「はい。同じ言葉を話していますが、話が通じません」

「だからと言ってこれ以上放っておくわけにはいかないな。最近は戦にまで加担して領地まで持っている。これではどこぞの大名と変わらぬ、始末に負えないな・・フロイス殿ではないが、仏の慈悲はどこへ行ってしまったのだ？」重臣達は信長の言葉を聞き、困ったものだというように一緒に首を振る。

「とりあえず、戦国大名の戦に加担しないように比叡山《ひえいざん》に話だけはしてみるか？」

「聞く耳を持っているとは思いませんが・・」とため息をつく秀吉に
「話しに行ってくれるか？」と聞く。「は、何とか説得はしてみます」と答える。

数日後、比叡山へ向かう秀吉。

僧達をなるべく刺激しないように一緒にいるのは数人の家臣だけである。

あらかじめ比叡山法主《ひえいざんほうしゅ》に会いたいと連絡をし、了承を得た上での訪問であったが、通された部屋の中を見て目が飛び出すほど驚く。そこには数十人の僧達が酒を飲み、その僧達の傍《かたわ》らには見るからに百姓だと分かる女達がお酌《しゃく》をさせられていた。嫌がる女達をからかう僧達。

あまりの光景にたたずむ秀吉を見て笑いながら「お主もいっぱいやらぬか?」と声をかける。「私は織田信長の家臣、木下秀吉にございます。あらかじめ法主さまとの会見のお約束を取り付けておりましたが、これはいかに?比叡山の法主さまはどちらにおいでてございますか?」と怒りを押し殺し尋ねるが、へらへらと笑いながら「それはそれはよくお越しくださいました。あいにく法主は留守にしております。せっかくでございますので、木下殿もご一緒にいかがですか?」とまったく話にならない。あげくには女達に手を引かせ酒宴に加わらそうとする。怒り心頭に発した秀吉は女の手を払い「結構でございます。お約束は反故《ほご》ということで解釈させていただいてよろしいのでしょうか?」と尋ねるが、僧達はへらへらと笑うだけで答えない。「分かり申した、これにて、ごめん」と大きな声で言い放ち、くるりと踵《きびす》を返して歩き出すその背に聞こえてくるのは僧侶達のバカにした笑い声であった。

はらわたが煮えくりかえる思いで信長の待つ岐阜城へと急ぐ秀吉。

岐阜城に着くなり信長の元へ行き「戻りました」と声をかける。

「ご苦労。どうだった?」と聞く信長に「話にもなりません」と見てきた光景と、秀吉に取った態度を話す。「それはひどいな・・」と頭を抱える信長。

「わざとにございます。挑発《ちょうはつ》し、織田の出方を見ているのでございます」と悔しくて仕方がないといった様子の秀吉。「そうか、そこまで挑発してきたか・・ただ、その挑発に乗って動いていいものかどうか・・」と考え始める信長。

「秀吉、よく辛抱してくれた。ありがとう。しばらく時間をくれないか。考えてみる」

「は、」と言って信長の前から下がる秀吉。

秀吉が下がった後に「どうして仏に帰依《きえ》し、仏の慈悲を説く僧がそのようなことになるのか?」と目の前に座るネコに話しかける。

「縄文の頃は神も仏もいなかったわ」

「神も仏も?」

「そう」

「どうして?」

「縄文の子達はみんなが同じだと知っていたの。特別な偉い人はいないいってね」

「そうだよね、身分も何もなかったんだよね」

「だから、自分達よりも偉い神や仏なんていないことも知っていたの」

「じゃあ、今世の中で言われている仏って何？」

「それは形を変えた支配者」

「仏が支配者？慈悲を説いている仏が支配者だって言っているのか？」

「宗教というものね。神や仏などという人間ではない素晴らしい存在を作り上げて、その素晴らしい人の言うことを聞けば幸せになると説くの。その神や仏を信じる人には慈悲を与えるとね。異人達の神と仏は少し違うけど、もとの考え方は同じ」

「宗教とはいったい何なんだ。フロイス殿も神を信じれば幸せになれると言っていたが、でも、結局は神の名のもとに他の国を占領しているともな。意味が分からない」

「人々に神や仏を信じさせることで人々を自由に支配することができる。そうなると権力を持つことになる。権力を持つともっと権力が欲しくなる。そうでしょ？自分達の欲のためにね。権力を持つと、仏の教えを説いていた最初の人の意図とまったく違うことになってしまうの。表面的には慈悲を説き、神や仏の言うことを聞いていれば幸せになると説きながら、結局は人々を自分達の思いのままに支配する道具に使い出す」

「神も仏も僧侶達の権力のための道具になってしまっているということか？」

「そういうことね。宗教と権力が結びついたらこういうことになってしまうの」

「宗教と権力・・」

「宗教の力は大きい。神や仏を信じた人々は考えることをやめてしまうの。神や仏の教えだと言えば何も考えずに従ってしまう、だから仏教の上の僧侶達は大きな権力を得ることができる。そしていつかは国を動かすくらいの勢力になっていくの」

「そういうことか、だから僧侶達がいつの間にか大名のようになっていたのか」

「そう、自分達に力があると思い始め、人々を支配することが快感になって、そして仏の教えも忘れてただ権力を求めるようになってしまうの」

「権力とは怖ろしいものだな」

「そうね、だから、宗教と政治が結びつくと困ったことになるのよ。宗教の名のもとに政治をしてはいけないの」と言う言葉に
「比叡山か・・」とつぶやき黙って考え込む信長。


秀吉が帰った後、秀吉に会うことなく別の部屋に隠れていた比叡山法主が僧侶達の前に姿を見せる。秀吉をさんざん挑発していた僧侶達も真剣な顔つきで法主を迎える。

「織田信長・・そろそろつぶさねばならないな」と言う法主の言葉に僧侶達も深くうなずく。「少々

図に乗っているようで・・我が比叡山と交渉したいだの、以ての外でございます」と一人の僧侶が言うと
「朝廷との深いつながりがある我が比叡山と同等に話をしようなど呆れるばかりにございますな」とまた違う僧侶が口の端を持ちあげ憎々しげな表情で笑う。
「あのような痴《し》れ者を仏が黙ってお許しになられるわけがない。仏のもと、我らが成敗せねばならぬであろう」と法主が答えると
「しかし、信長は強うございます。訓練している僧兵と言えど信長の軍兵の数にはさすがに荷が重かろうと思われますが・・」と僧侶のひとりが問うと
「朝倉と浅井に話を持って行こうと思っておるが、どうじゃ？」と聞き返す。
「はて、朝倉と浅井でございますか？」とあまりピンと来ていない僧侶に代わって別の僧侶が「確かに、朝倉と浅井は長年信長とやり合っております。このところは拮抗状態《きっこうじょうたい》が続いているとのこと。朝倉も浅井も信長を叩かなければ次に行けないと少々焦っておるようで」「そこを突く。我が比叡山が後ろ盾になりましょうと誘えば朝倉も浅井も願ったり叶ったりですぐに乗ってこよう」
「は、さすがに法主さまでございます」と僧侶達が口々に褒めているとしたり顔で
「信長を叩いた後は、朝倉と浅井も叩く。これで比叡山は尾張、美濃、北近江国、越前国を手にすることができる」と続ける。

「は、左様《さよう》で、これでまた法主さまの天下も近くなりますな」と皆はもうすでに領地を手に入れたかのように笑い合う。


岐阜城、目を閉じ考え事をしている信長にそっと近づく光秀。

「光秀か?どうした?」

「は、正成を介して家康殿より一報が」

「何と?」

「比叡山が朝倉と浅井に近づいたとのこと」

「比叡山が」

「同盟を持ちかけたらしいと」黙って考え込む信長。

しばらくして「光秀、みんなを集めてくれ」と声をかける。

「は、」と急ぎ退座する光秀。

集まった重臣達を前に信長がひと言「比叡山を討つ」と宣言する。

その言葉に恒興が「仏を敵に回すとおっしゃるのですか？」と少し動揺《どうよう》するが

「仏を敵に回すのではない。僧兵を討つのだ」と厳しい声で返す。

そして、「僧兵達は仏の教えを忘れ、自分達の権力のために戦をしている。討つのは仏とは関係ない兵だ、案ずるな」と諭《さと》す。その言葉を聞き秀吉が

「私は比叡山の僧侶達をこの目で見てきましたが、とても仏に帰依し、仏の教えを説いている者達とは思えませんでした」と皆に話す。

「酒を飲み、嫌がる百姓の娘達をそばにはべらせ、からかう姿に仏の教えは微塵も感じられませんでした」とその時の様子を思い出し、またフツフツと怒りがこみあげて来る秀吉に「落ち着け、挑発に乗って戦をするのではない。もうこのまま見過ごすことができないと思った。仏の名のもとにやりたい放題している僧達にこのままこの国を好きにさせるわけにはいかない。愚劣《ぐれつ》な僧侶達に民達を支配させることだけは断じて許すことはできない」と信長も熱くなる。

「しかし、朝倉と浅井と同盟を結んだということですが・・」と勝家が聞くと

「比叡山は朝倉と浅井をそそのかしているだけだ。朝倉と浅井が織田軍と戦をする時は手を貸しましょうというだけのこと。そして、その誘いに乗って朝倉と浅井が織田軍に戦いを挑み、うまく織田軍を倒した後は、戦いで消耗した朝倉と浅井を一気につぶそうという算段だ。もし織田軍が

戦に勝っても、消耗しているところを狙って取りに来る。どちらにしても比叡山は漁夫《ぎょふ》の利《り》ということだ」

それを聞いた恒興が低い声で「汚い、なんて汚い」と唸る。

「だから、朝倉でも浅井でもなく、俺は直接比叡山を討ちに行く」

信長に戦を仕掛けるよう朝倉と浅井をそそのかし後ろで時を待っていた比叡山勢力に突然信長が朝倉でも浅井でもなく直接に向かって来たという知らせが入る。

「どういうことだ?」自分達の企てがうまく行くと信じ切って余裕の態度でいた比叡山の僧侶達は、信長の奇襲に慌てふためく。

「とにかく僧兵を準備させろ!」と法主の命令のもと、僧兵達が急ぎ準備を始める。

本丸である比叡山、延暦寺《えんりゃくじ》を討つために軍を進める信長。

延暦寺のまわりにはいくつもの寺が、延暦寺を守るように建てられていた。

そこでは、驚くべき光景が繰り広げられていたのである。

「なんだ、これは?」と驚きの声を上げる信長軍。

信長軍の目に入って来たのは、寺の前に人垣のように並ばされている百姓の女や子ども達の姿であった。その後ろに僧兵達が武器を携《たずさ》え構えている。

「これは、どういうことだ?」と信長は後ろにいる家臣達に聞くが、家臣達も首をひねるばかり。

「お前達には関係はない、どいてくれ」と女と子ども達に声をかけるが、誰もどこうとはしない。

後ろから槍《やり》を突き付けられ動くに動けないのである。

百姓の女、子ども達が立ちはだかっているので信長軍は何もできない。

その様子を見て、後ろにいた僧兵達がへらへらと笑いながら、「ほれ、ほれ」とわざと女に槍を突き付ける。怖がる女をからかいながら「比叡山に楯突くならばまずこれらの者達を倒してから行け」と信長に向かって叫ぶ。

百姓達の、それも女や子ども達を人質にして立てこもろうとする僧兵達のやり方に
「くそ坊主《ぼうず》どもがぁ〜〜」と顔を真っ赤にして僧兵を鬼のようににらみ付ける信長。

「くそ坊主とな・・我らを冒涜《ぼうとく》するは、仏を冒涜するのと同じ。仏をも恐れぬとはさすがに鬼じゃのう」と怒り狂っている信長をなおも挑発する僧兵達。

何もできずに信長は一旦後ろに引くが、家臣達に火の矢を用意するように命ずる。

それを聞き、家臣のひとりが「寺に火を放つとおっしゃるのですか?」と驚き聞き返すが、

「そうだ、火をかける」一歩も引かないというその信長の顔を見て家臣達も覚悟したようにうなずく。少し離れた所から、「放てぇ〜」という信長の声を合図に一斉に延暦寺やそのまわりの寺に向かって火の矢を放つ信長軍。

まさか寺に火を放つなど無謀《むぼう》なことをするなど思いもしなかった僧兵達は驚き慌てる。

「仏閣に火を放つなど、罰当《ばちあ》たりな」と叫ぶ僧に向かって信長は

「俺は仏など信じぬ」と言い放つ。

「鬼じゃ、やはり鬼じゃ」と口々に言いながら統制がきかなくなった僧兵達が右往左往している隙に秀吉、光秀達が人質にされていた女、子ども達を逃がしていく。

火を放ちながらどんどん延暦寺の方へ進んでいく信長軍。

あたりはもう火が回り始めているが、火の中に飛び込むようにしながらどんどん進んでいく。火の中でも信長軍に向かってくる僧兵達もいた。その中にまだ子どものような僧がひとり向かって来ようとするのを見た信長は

「向かってくるものは容赦《ようしゃ》しない、逃げる者は追わない」と声をかけるが、その僧はまだ向かってこようとする。他の僧兵を倒しながらもその幼い僧兵に向かって

「死ぬな、こんなところで死ぬな、頼む、逃げてくれ」と叫び続ける信長。だが、その僧はまだ信長に向かってくる。

「どうする?·どうする?·」と自分に問いかけながらも向かってくる幼い僧をそのままにしておくわけにもいかない。僧兵達を倒しながらも、幼い僧から離れようとするが、その僧はどんどん向かってくる。

「頼む、来ないでくれ」と心の中で叫ぶが、その僧には伝わらない。

「もうダメだ、斬るしかない」と覚悟した時に、突然現れた秀吉が
「お前のいるところではない」と厳しい声で叱りつけ、その僧が手に持った刀を叩き落とし横から抱きかかえ走り去る。

「助かった、すまぬ」と秀吉に声をかけまた進んでいく信長。


比叡山延暦寺は焼け落ち、比叡山を守っていた僧兵達もほぼ壊滅したが、大坂を拠点とする本願寺勢力とはこれからもまだ長い間小競り合いが続くのである。

第十三章

羽柴秀吉

岐阜城、信長と重臣達の前でひれ伏す秀吉。
「秀吉から何か報告したいということで皆にこうして集まってもらった」と信長。
皆が何事かと一斉に秀吉に目を向ける。ひれ伏しながら
「このような場をいただき恐悦至極に存じます」と長口上《ながこうじょう》を始めようとする秀吉に
丹羽長秀が「いいから、だから何の話だ?」と軽く切ってしまう。
軽く切られ調子をはずしてしまった秀吉は顔を上げ「実は名前を変えました」とあっさりと答える。それを聞いて「そんなことくらいで呼ぶな」と勝家がひと言発すると、皆わざと意地悪げに一斉に大きくうなずく。「申し訳ございません」とまた深く頭を下げる秀吉と皆を見ながら信長が
「俺が名前を変えたらどうだと言ったんだ」と助け舟を出す。信長にこう言われてしまうと真面目に聞くしかない重臣達。
「で、秀吉、どんな名前にしたのだ?」と丹羽長秀が聞くと
「は、羽柴秀吉《はしばひでよし》と・・」
「羽柴秀吉・・何か変わった名前だな、また、どういう由来《ゆらい》で?」と勝家が聞くと
長秀の顔をしっかりと見ながら「は、丹羽さまの羽と」次に勝家に目を向け「柴田さまの柴の字を一文字ずつ頂き、羽柴秀吉とさせていただきました」とまた深く頭を下げる。
さっきまで相手にもしていなかった長秀と勝家だったが、その言葉を聞き相好《そうごう》を崩《くず》し、

「良い名ではないか」

「本当にそうでございますなぁ～」とお互い顔を見合わせ褒め始める。

「は、ありがとうございます。お許しを頂き心より感謝いたします」とまた深く頭を下げる秀吉に
今度は恒興が「俺の名前は?·どこに入っている?·」とわざと意地悪く聞く。

何も答えることができず困りきっている秀吉を見て皆は笑う。

「そう苛《いじ》めてやるな」と信長が言うと、みんな声を出して笑い始める。

秀吉もほっとして一緒に笑う。

「ここで、はっきりさせておくが、これから羽柴秀吉は皆と同じ扱いとする。

秀吉は皆と違い百姓の出だがそれは忘れろ。秀吉は織田の重臣としてこれからも活躍してもらう。いいな」

「は、」と皆が頭を下げる。

「秀吉、これからも頼んだぞ」と信長が秀吉に声をかけると、次に勝家が
「羽柴秀吉殿、よろしく頼みます」と声をかける。それを皮切りに重臣達がそれぞれに
「秀吉殿、よろしく」と声をかける。

「こちらこそ、どうぞよろしくお願いいたします」と一人ひとりに丁寧に挨拶をする秀吉。

光秀は秀吉の少し照れて恥ずかしそうな顔を嬉しそうに見ていた。

しばらくその様子を見ていた信長が
「もう一つ皆に話があって集まってもらった」

「え？　他にもお話があったのですか？」と恒興が問うと
「秀吉の名前のことだけでお前達を集めるわけがないだろう」と笑う。

「やはり」と皆が納得した顔になったところに
「これは真面目な話だ」と今までとは違った顔つきで話し始める。

「は、」重臣達の顔も引き締まる。

「浅井のことだ」

「は、」

「比叡山勢力と同盟を結んだからには、延暦寺を叩いたとしてもいつかはこちらに戦を仕掛けてくるだろう。朝倉もそうだが」

「そうでございますな」と勝家。

「織田も長い間、浅井と朝倉とは小競り合いが続いている。そろそろこの辺で決着をつけたいと思う」

「は、」

「しかし、一度は同盟を結んだ浅井だ、何も話さず行動を起こすには忍びない。お市のこともあるしな。そこで、浅井にはもう一度、和睦の話を持って行こうと思う」

重臣の何人かが不満そうな顔をするが、

「お前達の気持ちはよく分かる。あの時の裏切りは俺も忘れてはおらん。しかし、無駄な戦はできる限り避けたい。もう一度だけ話を持って行きたい。いいな？」と重臣達の顔をひとりずつ見ながら確認をとる。

そう言った信長に何を言っても無駄なことは重臣達もよく知っているので「は、」と答える以外になかった。

「そこでだ、羽柴秀吉」

「は、」

「お前に行ってもらいたい」

「私に、で、ございますか？」

「他の重臣達は、かなり怒っているからな」と笑う。

「いえ、私も少々は・・」

「まぁ、そう言わず、お前のその口を見込んで、頼む」信長に頼まれては断る道理もなく「は、」と答えながら、頭の中ではすぐにどのように話を持って行くかを神妙な顔で考え始める秀吉に

「今は敵対する浅井ですから、念のため手練《てだ》れの兵百騎ほどを連れてお行きなさい。お気をつけ

て」と声をかける勝家。


百騎の兵を連れ、物々しく浅井長政の居城である小谷城へ向かう秀吉であった。

苦虫を噛み潰したような顔で考え事をしながら馬に揺られている。

長政からは会見を承諾する旨の書は届いてはいたが、その場で何が起きるかは分からない。

話によっては、そこですぐに戦に発展する可能性もある。秀吉には荷の重い訪問だった。


小谷城の門前で会見の約束を取り付けてあることを知らせると、すぐに通されたが兵達は門前で待つように指示される。五人ほどの家臣達と城内へ進む秀吉。

会見の場に通されると、そこにはもうすでに緊張した面持ちで長政が待っていた。

長政の姿を確認した秀吉は、すぐに長政の所へ駆け寄り手を握り
「長政殿、お久しぶりにございます。美濃の合戦以来でございますかな?お懐かしくございます」

と人懐こい笑顔で話しかける。

前回の長政の裏切りなどおくびにも出さず、懐かしい友と久しぶりに会って喜んでいるように振る舞う。何か言われるかと身構えていた長政は、秀吉の笑顔に拍子抜けし、自分も秀吉の手を強

く握り返す。

「この度は遠いところまでお越しくださいまして、誠にありがとうございます」

「長政殿にまたお会いできて嬉しゅうございます」と一応の挨拶を交わし、お互い少し離れて座る。また、少し緊張が戻って来るが、

「さて、本日お伺いいたしましたのは、もう一度同盟をお願いしにまいった次第でございます」と明るく伝える秀吉に緊張も解ける。

旧知の友に会ったように緩やかな気持ちになった長政は本音で話をし始める。

「ありがとうございます。あのようなことを仕出かした私に、またそのようなお申し出をいただけるとは、恐悦至極に存じます」その言葉に長政が了承したのかと思った秀吉は
「では・・」と期待するが、

「しかし、申し訳ございませんが・・」と答える。

「いかに？」

「お恥ずかしい限りでございますが・・ご存じのことと存じますが・・私には家臣を抑える力がございません。このお話、家臣どもが承知するとは到底思えませぬゆえ・・」

と、肩を落とす。家臣を抑えることができず、織田軍を裏切ることになってしまったことを知っている秀吉には何もかける言葉はなかった。しばらく続いた沈黙のあと静かに秀吉が「お願いが

ございますが・・」と持ちかける。

「はい、何か？」

「できましたら、お市さまと二人でお話しさせていただけませんでしょうか？」と聞く。

少し考え「分かりました。今呼びに行かせましょう」

「ありがとうございます」

「では、私はここで失礼いたします。信長殿にはくれぐれもよろしくお伝えください」と頭を深く下げ部屋を出て行く。

しばらくしてお市が入って来る。

「市です」美しいお市の姿に目を奪われしばらく呆然と見つめていた秀吉だったが、ハッと気がつき深くひれ伏し
「は、はじめてお目にかかります。信長さまの家臣、羽柴秀吉と申します」

「お名前は存じております。兄さまはお元気で？」

「はい」

「そうですか。良かった」

「本日は信長さまより仰せつかり、お市さまをお迎えに上がりました」

「何を言っているのですか？」

「今回、信長さまは浅井長政殿と再び同盟を結びたいとの申し出をなさいましたが・・長政殿は先ほどお断りになられました」

「そうですか・・」

「このお話をお断りになられるということは、信長さまと長政殿は戦になるということにございます」

「そうでしょうね」

「そこで信長さまから、もし長政殿がこの話を断った時は、すぐにお市さまを連れ帰るようにと言いつかってまいりました。すぐにお支度を」

「帰りません」

「いえ、信長さまのお言いつけでございますので」

「私は浅井に輿入れした身、夫長政殿とともにおります」ときっぱりと言い切る。

困りきる秀吉に向かって「そのように兄さまにお伝えくださいませ」と言い残し、振り返ることもなく部屋から出て行く。残された秀吉は頭を抱える。

何の成果も上げられず、なおかつお市さえ連れて帰ることができなかった秀吉は信長にどう報告すればよいかを考えながら馬に揺られ岐阜城へと向かうのであった。

岐阜城に着き、肩を落としながら信長に「申し訳ございませんでした」と謝りに行くと「やはりそうか。気にするな」と信長が声をかける。

「無理なことを頼んで悪かったな」と秀吉をねぎらうと、秀吉の目から涙がこぼれる。

「せめてお市さまだけでも」

「お市は頑固だ。一度言い出したら誰が何と言っても聞かぬ。やはり俺の妹だ」と少し悲しそうに笑う。その笑顔が辛く、また目を潤《うる》ませる秀吉だった。


数週間後、浅井長政の小谷城に向かって進軍する織田軍の姿があった。

浅井に向かって進軍しているところに、横から朝倉軍が攻めて来る。

朝倉が浅井に加勢することは織り込み済みだった信長は、まず浅井の小谷城の前に鉄砲部隊を向かわせる。三列に並び、すぐに発砲できる状態の鉄砲部隊に圧倒され浅井の動きは鈍る。そして信長は、軍の大半の兵を朝倉軍へと向かわせたのである。

「信長さま、やはり鉄砲部隊を三列にするという案は素晴らしいです」と小谷城を攻めていた恒興が言う。

「鉄砲は撃った後に時間がかかり過ぎる。それを補うには将棋の並びのように三段にすればいいと思ったんだ」

「さすがでございます」そこに、朝倉を相手にしていた秀吉や光秀達が

「朝倉は逃げましてございます」と報告に来る。

「今回はもう二度と向かってこないように最後まで徹底的に叩く。侍達は誰ひとり逃がすな」と声をかけると「は、朝倉軍はほぼ壊滅《かいめつ》状態、後は浅井でございます」

「分かった。では、全軍浅井に突入する、行けぇ〜」と発破をかけ、自らも突進していく。

信長とともに走っている秀吉に向かって「あれは任せた。よろしく頼む」と声をかけると秀吉は「は、」と答え違う方向へ向かって走って行く。

織田の大軍が小谷城へ押し寄せて来る光景を天守閣から見ていた長政は「これまでだ」と一言つぶやく。一緒にいた家臣達に向かって「もういい、逃げろ」と命ずる。

「しかし、殿」と答える家臣達に「責任は私にある。私が責任をとるからお前達は逃げろ。逃げてお市や子ども達を守ってくれ。そして、またいつか浅井家を再興してくれ。頼む」と言うと家臣達の言葉も待たず天守閣から降りて行く。

天守閣から降り、急ぎ廊下を走る長政の姿を見て、決意を察したお市は後を追う。

「殿、お待ちください」と必死に声をかけるが足を止めようとはしない。

長政に追いつくことができず距離を離されるお市。

「殿」と何度も叫ぶが、長政は振り向きもせず廊下の突き当りにある納戸《なんど》に入ってしまう。

遅れて納戸にたどり着いたお市は扉を開けようとするが、中からつっかえ棒をしているので開かない。「殿、殿、開けてくださいませ」と扉をどんどんと何度も叩くが返事をしない。声のかぎりに「殿、おやめください。私を置いていかないで」と泣き叫ぶと中から
「お市、申し訳なかった。不甲斐《ふがい》ない私を許してくれ」と返事が返って来る。

「許すなど、そんなこと、お願いいたします。どうか開けてくださいませ」とまたどんどんと叩く。

「お市、子ども達を頼む」

「イヤでございます。ひとりで何ができましょう。お願いでございます。兄さまには私からお願いいたします、ですから、ですから、お命だけは・・」

「不甲斐ないとはいえ私とて浅井の頭領だ、頭領として最後までいさせてくれ」

「イヤでございます。ならば私も一緒に・・」

「ダメだ、早く逃げろ、信長殿の所へ帰れ」

「長政さま」とまだ扉を叩くお市の目に秀吉が映る。

「秀吉殿」

「お市さま、長政殿のお気持ちをお察しなされませ」

「そなたに言われる筋合いではない」と秀吉をにらみ付ける。

「秀吉殿か？」と中から長政の声が聞こえる。

「はい」

「申し訳ございません。お市をお頼み申します」

「はい、長政さまの願い、確かに」

「お市さま」と手を伸ばす秀吉。その手を跳ね除けるお市。

「私は長政さまの妻、長政さまと一緒に参ります」

その時「お市、さらば」と長政の声が聞こえると同時に「ごめん」と秀吉がお市に当《あ》て身《み》をくらわす。

「うっ」と気を失ったお市を抱えその場を離れる秀吉。お市を抱え小谷城から出て来る秀吉の姿を見て駆け寄る信長。

「で？」

「ご自刃《じじん》なされました」

「そうか、お市はやはり暴れたか」

「はい、少々・・」

「そうか」

「お気の毒でございました」

「そうか」

「このまま岐阜城までお連れいたしましょうか？」

「そうだな、静かな今のうちに少しでも遠くへ連れて行ってくれ」

「は、」と気を失っているお市を馬に乗せ走り出す秀吉。


織田軍との兵力の違いをまざまざとみせつけられた上に、頭領長政が自害したと知りもう抵抗しても無理だと察した浅井の重臣達は素直に投降した。


岐阜城で、頭を抱える信長。その横で同じように頭を抱える秀吉。

「秀吉、どうだ？」ただ首を振る秀吉。

「信長さまは？」

「目も合わさず、口もきいてくれぬ」

「私などは悪鬼《あっき》を見るかのごとく忌《い》み嫌《きら》われております」

同時に「どうしたものか」と首をひねる。

浅井との戦いの後、岐阜城で過ごすお市は信長とも口をきかず、ただ自分の部屋にこもり切りになっていた。その様子に手も足も出ない二人である。

「秀吉、何とか説得してはもらえないだろうか？」

「私はお市さまに当て身をくらわし、さらって来た者でございますから・・」

「そうだな・・光秀ならば・・」

「光秀さまもあの場にいらしたので、どうかと・・」そこで閃《ひらめ》いた秀吉、

「濃姫さまならば、もしかして心を開いてくださるかもしれません、私に少し考えがございます。お任せいただけますでしょうか？」

「頼む」

「では、濃姫さまにお目通りを願えますでしょうか」

「分かった。今呼ぼう」と信長が濃姫を呼ぶ。お市の部屋の前で、濃姫が声をかける。

「お市さま、お加減はいかがですか？」

「姉さま？」

「濃です、ご気分はいかがですか？」

「・・・・・・・」

「少しお話しできますか？」

「はい、どうぞお入りくださいませ」と部屋の中に招《まね》き入れる。

「お気持ちはお察しいたします。お辛うございましたね」

「・・・・・」

「ただこもられたまま、お食事もほとんど召し上がらないと、信長さまが大層ご心配されております。秀吉殿も」下を向き涙をこらえていたお市は小さな声で
「兄さまや秀吉殿に怒っているわけではありません。兄さまも秀吉殿も何も悪くはないことはよく存じております。この市のためにと思ってくださっていることも分かっております。ただ・・」

「そうですね、頭で分かっていても心がついてこないこともございます。もっとお泣きになっても大丈夫ですよ。我慢なさらずに、この濃に何でもお話しください。話せば気持ちも楽になります」

という言葉を聞くなり、こらえきれずに泣き出すお市の肩を濃姫はただ黙って抱いていた。

しばらくして落ち着いたお市がぽつりぽつりと話を始める。

「私は長政さまをお慕《した》いしておりました。人質としての輿入れでしたが長政さまは大切にしてくださいました。そして、子ども達も授《さず》かりとても幸せでした」

「そうですね」

「私は子ども達に会いたい。長政さまと一緒に育ててきた子ども達に会いたいのです。でも、もう二度と子ども達に会えないと思うと・・」とまた泣き出す。

「今日は秀吉殿からの伝言を言付《ことづ》かって来たのです。秀吉殿はどんなことをしてでも、お市さまがお子さま達と自由に会えるようにしますとお約束いたしますとおっしゃっておられました」

えっと驚いて濃姫の顔を見る。

「秀吉殿は約束を守られる方です。お子さま達とお会いする時に、そのようなお顔ではお子さま達がご心配なさいます。どうか、お食事をなさってくださいませ、お元気になられてお子さま達とお会いする日を楽しみにお待ちくださいませ」と濃姫が言うと、

お市がパッと明るい笑顔を見せる。

「分かりました、ありがとうございます。秀吉殿の言葉を信じて待ちます」

「そうしていただけると私も信長さまも嬉しいです」とお市の手を取り涙ぐむ濃姫。

浅井との戦のあと、秀吉は信長から北近江三郡《きたおうみさんぐん》を任され今浜の地を長浜と改め長浜城の城主となった。城主となった秀吉は旧浅井家の家臣を積極的に自分の家臣として登用した。

その中には、後に秀吉の右腕となる石田三成《いしだみつなり》もいた。

そのことでお市は浅井家に残してきた子ども達と自由に会うことができるようになったのである。お市との約束を守った秀吉であった。

信長が浅井と戦っていた頃、信長と夢を同じくする徳川家康は甲斐《かい》の武田信玄《たけだしんげん》と戦っていたが、強大な軍事力を持つ武田軍に手を焼いていた。浅井と戦いながら織田軍も加勢に行くが、戦慣れし戦術に長けていた信玄には手も足も出ず敗退せざるを得なかった。

武田信玄を倒さなければ天下を取ることはできない。だがしかし、信玄は強い。どうしたものかと信長と家康が手をこまねいていると、信玄が急死したとの一報が入る。信玄亡き後、武田軍は信玄の息子勝頼《かつより》が率いることになったが、勝頼が率いる武田軍は軍事力が数段落ちていた。それにもかかわらず無謀にも織田、徳川の連合軍に戦いを挑《いど》み、平安時代から続いた甲斐の武田氏は滅亡していったのである。

あと残っていたのは、大坂本願寺勢力である。比叡山の延暦寺を制した信長だったが、その後まだ数年間は大坂の本願寺勢力とは小競り合いを続けていた。甲斐を制しますます勢力を強めていった信長は、次は本願寺勢力へと戦の準備に入った。その動きに脅威を感じた本願寺勢力は、朝廷に泣きつき、朝廷の口利きにより和睦が成立したのである。

甲斐の武田を落とし、大坂の本願寺勢力も実質落とした信長は関東一円をも手にした。

ここまで大きくなるとひとりではすべて見ることができないため、重臣達を各地に配置した。勝家には北陸方面、光秀には近畿、秀吉には山陰、山陽、滝川一益《たきがわかずます》には関東、長秀には四国、徳川家康は同盟国として東海道に配置した。

ようやく信長は天下統一に手が届くところまで来たのである。

この頃から信長は塞《ふさ》ぎがちになることが多くなった。ひとりで部屋に閉じこもり家臣達ともあまり話をせず考え込む信長に濃姫も心配し声をかけてもひとりにして欲しいと言われるばかりで、何もできずただ見守るしかできない。

ひとりで部屋にこもる信長。脇息《きょうそく》に腕を置き頬杖《ほおづえ》をつく。その前にいるネコに

「なぁ、さくや」

「何？」

「俺はもう四十八だ」

「そうね」

「俺はいつまで生きる？」

「さぁ？」

「ここまで来るのにずいぶんかかった。でもまだここまでだ。やっと天下に手が届いたくらいだ。これから天下を取るまでどのくらいかかる？」

「さぁ？」

「天下を取り、平和な国ができるまで俺は生きていられるか？」

「さぁねぇ？」

「さぁ、ねぇ・・って。もうちょっと違うこと言えないの？」

「だって、そんなこと分からないわよ。信長がいつまで生きるかなんて誰にも分からない」

「俺はまだ死ねないんだよ、途中で死ぬわけにはいかない」

「じゃあ、生きてれば？」

「なんだよそれ！」とネコに怒り始める。

「死ねないなら生きてくしかないでしょ」ネコは冷静に返すが

「俺は真剣に考えているのに、もういいよ」と横を向いてしまう。

「変な子ねぇ〜」と呆れた顔で信長を見る。


信長がブラブラと城内を歩いていると、たくさんの女達の笑い声が聞こえてくる。何の騒ぎだと見に行ってみると城の台所で下働きの女達が大きな声で笑っている。近くにいた侍女に
「何の騒ぎだ？」と聞くと
「秀吉さまでございます」

「秀吉？台所で何をしている？」

「秀吉さまはときどきこうして台所や庭などにいらして下働きの者達と話をなさるのです」と答える。台所まで行くと女達に囲まれながらおどけた顔をしている秀吉の姿が見える。おどけて見せる秀吉を見て大笑いする女達。その顔を見てまたおどける秀吉。しばらく様子を見ていると秀吉が信長に気がつく。

「これはこれは信長さま」と笑いながら声をかけてくる。

「秀吉、こんなところで何をしている？」

「ちょっとみんなと話をしておりました。女達の笑顔はいつ見ても本当に良いものでございます。

女子《おなご》の笑顔は最高でございます」とまたおどけて見せる。楽しそうに笑う女達を見て信長も笑顔になる。
「秀吉はどこに行っても人気者だな」とつぶやくと、ひとりの女が
「秀吉さまは他のお侍さまと違っておら達ともちゃんと話をしてくれます。他のお侍さまは偉そうにするばっかりなのに・・」と言い、ハッとした顔で信長に頭を下げ
「申し訳ございませんでした」と謝る。
「よいよい、謝るな」
と返すが、また何かを考え込む信長。
何かを悩むように考え込む信長の顔をおどけながらも心配そうに見る秀吉。

部屋にこもっていた信長がお市を呼ぶ。

「兄さま、何か御用ですか?」

「ちょっと話がある」

「今日はネコはいないのですか?」とまわりを見回すお市に

「ネコはいない」とつっけんどんに話を切る。

少し首をかしげ「兄さま、どうかなさったのですか?·皆も心配しております」

「何もない、心配はいらない。それよりもお市のことだが・・」

「私ですか?」

「お市もここに帰って来てから大分経つ。このままずっとこうしているわけにはいかないだろう」

「私はこのままがいいです、秀吉さまのお計らいで子ども達ともいつでも会うことができますし、今はとても心静かに暮らせております」黙り込む信長。しばらくして
「俺もいつまで生きられるか分からない」

「なんてことを・・そんなことをご心配されて塞がれていたのですか?」

「そんなこと、ではない。もし俺に何かあった時のために、お市の後ろ盾をしっかりとしておきたい」

「そんなお話、縁起でもない、おやめください」

「俺は真剣だ。お市も真剣に聞いてくれ」と言われ、何も言えずに下を向くお市。

「俺は秀吉が良いと思っている、秀吉と添え、秀吉にはねねがいるから側室の身分になるが、秀吉ならお市をしっかりと守ってくれるだろう」

「イヤでございます」と即座《そくざ》にきっぱりと断る。

「秀吉はお市のために尽力してくれたではないか?何が気に入らない?」

「秀吉さまは女に甘もうございます。秀吉さまのお人柄は尊敬しておりますが、女への甘さに関しては、どうにも我慢なりません」

「女に甘い、か。確かにそうだが、女に甘い分、お市も大事にしてくれるぞ」

「ねねさまにも悪うございます」

「そこか」

「私も長政さまに別の方ができれば面白くはなかったと思います。本当に私は、兄上さまと姉上さまに守られてこうしているのが幸せなのです。もうどこにも行きたくはございません」と答えるお市に少し考え
「俺はあと一歩だ。あと一歩で天下を取れる。でも、これからはもっと苦しい戦も待っている。そんなに甘くはない。その時に少しでも心配事を減らしておきたいのだ、分かるか?」下を向くお市。

「お市にしっかりとした後ろ盾があれば、俺は何も心配することなく天下へ向かうことができる。だから、頼む」と頭を下げる。

そう言われてしまえば何も言い返すことができないお市は渋々
「兄さまがそこまでおっしゃるのでしたら、私は兄さまの天下取りのお手伝いをいたします」と承

諾するが再び「秀吉さまはイヤでございます」ときっぱりと断る。

苦笑いをする信長。

「そこまでイヤか・・ならば、ならば勝家はどうだ？勝家には今は正室はいない。側室もいない、どうだ？」お市は諦めたように
「はい、勝家さまでしたら」と答える。

「よし、すぐに勝家に話をしよう」とほっとした顔になる信長。


信長に呼ばれお市のことを頼まれた勝家は二つ返事で申し出を受け入れた。

「身に余る光栄にございます。なんと申し上げてよいか、お市さまを娶《めと》ることができるなど、まさか、このようなことが我が身に起きるとは、祝着至極《しゅうちゃくしごく》に存じます」

「受けてくれてありがとう」

「滅相《めっそう》もございません。これからも、いや、一層の努力をもって、私は織田家のため、お市さまのため身を粉《こ》にしてお仕え申し上げます」と深く頭を下げる。

主君の兄弟、子どもを娶るということは、主君に大きく認められたことであり、次の頭領に一歩も二歩も近づいたということなのである、と、勝家は解釈した。

第十四章

明智光秀

天正《てんしょう》十年元日、安土城《あづちじょう》の大広間に家臣一同がひれ伏している。信長が皆の前に座ると一同は「おめでとうございます」と声を合わせて挨拶をする。
その挨拶に応えることなく突然信長は立ち上がり光秀のところまで歩いて行く。
光秀のそばにかがみ、耳元で誰にも聞こえないように小さな声で
「光秀、何があっても俺を信じてついて来てくれるか?」とささやく。
光秀は何事か分からないが「は、」と答えると
持っていた鉄扇《てっせん》で光秀の肩を思いっきり叩く。バシッという音に皆が驚き顔を上げると
「嘘を吐くな。ここからすぐに立ち去れ。お前の顔など見たくもないわ」と光秀に向かってまたも鉄扇を振り下ろそうとする信長の姿があった。

何が起きたのかまったく分からず、その場は騒然となる。
「静かにせい」との信長の一喝でまた下を向く家臣達。
「早く立ち去れぇ〜」とまた大声で光秀に命令する信長、
その声に光秀は静かにその場を立ち去っていく。
光秀が立ち去った後、何事もなかったかのようにまた座り笑顔で皆に
「おめでとう。天下まであと一歩のところまで来た。本年も皆頼むぞ」と声をかける。

何事が起きたのかまったく分からない家臣達であったが、とりあえず機嫌が直ったかに見える信長に、とばっちりを受けずに良かったとほっと胸を撫で下ろすのであった。


信長の挨拶の儀が終わって解散する家臣達は口々に光秀の出来事について話をしていた。突然の信長の態度に対し、皆それぞれに好き勝手に憶測《おくそく》を述べるが誰にも真実は分からない。同じ場にいた家康と秀吉にもさっぱり何が起きたのか分からない。

「家康殿、何か殿から伺っておられますか?」と秀吉が聞くが、

「私にもさっぱり、それこそ秀吉殿は何かご存じありませんか?」と聞き返され秀吉も首をかしげるしかなかった。遠くに光秀の姿を見つけ、秀吉と家康は近づき何が起きたのかを光秀に聞きだそうとするが、

「何もございません」と一言言い、光秀は「失礼いたします」とそそくさとどこかに去ってしまった。

不安げに首をかしげる秀吉に「信長さまには何かお考えがあるのでしょう。いつかお話ししてくださるまで待つしかありませんね」と冷静に返す家康であった。

それからもことごとく光秀に辛く当たる信長。その信長を見て自分に火の粉が降りかからないよ

うにと光秀との接触を避ける家臣達。光秀はどんどん孤立していった。

ある春の日、安土城の廊下を大股で歩きながら、イライラした様子で

「光秀、光秀はおらぬか」と叫ぶ信長。

信長の元へ急ぐ光秀。何事が起きたのかと秀吉も急ぐ。

光秀が信長の元へ行きひざまずくと

「なんだこれは?」と持っていた文書を光秀に向かって投げる。

「は、」

「このようなずさんなことで家康殿をお迎えできると思っておるのか?」

「申し訳ございません、ただ・・」

「ただ?ただなんだ?いつからお前はこの私に口答えできるほど偉くなったのだ?」と

きつく言い放つ。

「は、」と答える光秀の手が震えている。

光秀の震える手を見ながら、何もできずじっと立っている秀吉に

「秀吉、この役立たずに接待《せったい》の作法《さほう》を教えてやれ。光秀、よく教えてもらえ、分かったか?」と光

秀のあごを扇子で上げながらまた威嚇《いかく》するように叫ぶ。

「は、」と顔を上げる光秀の目が光る。

「なんだその目は、何か文句でもあるのか?あ?」と光秀に手を上げようとする信長に秀吉が「信長さま」と声をかける。秀吉の顔を見て
「秀吉はできた家臣だ。頭も切れる、光秀とは月とスッポンだな、見習え光秀」と笑いながら去っていく。

秀吉が光秀に「お耐《た》えくださいい」と小さな声でささやき、光秀の震える手を取る。

「は、」と答える光秀。

その様子を遠くから辛そうに見ている濃姫。


長年労をともにした徳川家康を安土城にて接待をしている信長。

「光秀に任せたのですが、このように不出来なことになってしまい申し訳ございません」

「いえ、楽しんでおりますのでご心配なさらないでください」

「秀吉がいましたらもう少し気の利いた宴《うたげ》になったのでございましょうが・・」

「秀吉殿は、備中《びっちゅう》へ?」

「備中で不穏な動きがあると知らせが入り急きょ行かせました。家康殿にはくれぐれもよろしくお伝えいただきたいとのことでございます」と話をしているところに、秀吉からの使者が文を携えて信長達のところに来る。

「何事だ？」

「は、羽柴秀吉さまからお預かりしてまいりました」と信長に文を差し出す。

「ごめん」と家康にひと言言い文を読み始める信長。

心配そうに信長の顔を見つめる家康に、文から目を上げ

「秀吉が苦戦しているとのこと。援軍《えんぐん》をよこして欲しいと言ってまいりました」

「秀吉殿がそのような文を送るとはよほどのことでございます。どうぞ私にかまわず援軍をお送りください。私はこれにてお暇《いとま》させていただきます。何かお手伝いができることがございましたら何なりとお申し付けください」と信長に言い残し家康は安土城を後にした。

ただちに秀吉の援軍に行くように光秀に命じる信長。

そして、信長自身はあらかじめ予定していたお茶会の準備のため小姓衆《こしょうしゅう》のみ率いて上洛し本能寺《ほんのうじ》へと向かったのである。

天正十年六月一日。秀吉の援軍として光秀は一万三千人の手勢を率いて出陣。

馬に揺られながら思いつめたような表情をしている光秀。
六月二日未明、京都の桂川《かつらがわ》付近を通り過ぎた頃、意を決したように

「敵は本能寺にあり！」

と叫び、馬の腹を蹴り突然反対の方向へ走り出す光秀。
光秀の声を聞き、前から順々に家臣が「敵は本能寺にあり！」と言葉を送っていく。
本能寺に着き「火を放て！」と光秀が軍勢に命令すると次々と火の矢を放ち始める。
すぐに火が回り、本能寺は火だるまとなって落ちて行く。

虚をつかれ何もできずに火に巻かれていく信長の小姓達。
右往左往する小姓に逃げろと叫ぶ信長。
ひとり炎の中にたたずむ信長はつぶやいた。

「よくやった、光秀」

下巻に続く

縄文を創った男たち

Profile

作家

さくやみなみ

この作品が、ライトノベルデビュー作になります。
食べることが生きること。美味しいものを食べたいがため、
毎食が真剣勝負です。

イラストレーター

みづ

この作品がプロデビュー作です。
睡眠をこよなく愛し、２次元と３次元の間にハマる類人猿。

出典・参考資料

「書籍」新・日本列島から日本人が消える日　株式会社　破常識屋出版
「ウェブサイト」ウィキペディア　ウィキメディア財団（アメリカ合衆国）

創った男たち
本能寺で
信長は生きていた？
驚き！
新たな展開がはじまる
縄文を創った
男たちの真実とは。
2020年
4月10日
発売！

下巻
縄文を
～信長、秀吉、そして家康～
俺は、天下を取る！

シリーズ１４万部突破！！

日本人が消える日

全国の書店　ネットで絶賛発売中！！

上下巻　各 1500 円 (税別)

ミナミＡアシュタール ® 著

あなたが幸せを手に入れるための
破・常識な歴史が、今解き明かされる！
真実なの？ＳＦなの？　決めるのは、あなたです。
消えるとは？身体を持って次の次元へ行くこと。
本文と、エピローグ「ここからが本題」を読んで頂ければ、
消えるという意味が理解できます。
宇宙のはじまりや地球の誕生から現代に至るまでの驚きのストーリー！！

縄文時代は驚きのハイテク文明？
ムーとアトランティスは存在していた？
卑弥呼が８人？
織田信長は本能寺で生きていた・・長野県？
秀吉が信長の約束を破ったとは？
徳川家康が天下を取ったのは想定外だった！
間違いだらけの江戸時代認識！
大正から昭和までの裏歴史

「ここからが本題」を読めば
幸せを手に入れるヒントが書かれています。
あなたのこれから先のタイムラインをどう変えるか？
宇宙には時間も空間も無い？　次元は場所じゃない？
波動領域を簡単に変えることができる自由で楽しい社会に移行する

・・・腐りきった現代社会に生きることに
不平不満を持ちながらも密かに幸せに生きたいと
心から望むあなたにこの本をお届けします。
歴史認識が変われば、
あなたもこの腐った社会からそっと離れることが出来ます。

シリーズ14万部突破!!

新・日本列島から

上巻

プロローグ
第01章　刷り込まれた勝者の歴史
第02章　宇宙のはじまり
第03章　テラ(地球)の誕生
第04章　本当に存在したムーとアトランティス文明
第05章　恐竜時代の謎を解き明かす
第06章　縄文時代は、超ハイテクな文明だった
第07章　大陸から支配された弥生時代
第08章　卑弥呼が8人?・・邪馬台国は、和歌山?
第09章　神社の知られざる真実
第10章　飛鳥から戦国時代まで続いた権力争い
第11章　織田信長の本当の思い
第12章　豊臣秀吉は信長との約束を破った
第13章　徳川家康が天下を取ったのは想定外の出来事

下巻

第14章　間違いだらけの 江戸時代の認識
第15章　明治維新はクーデター　黒幕は岩倉具視
第16章　明治時代になぜ戦争が多いのか
第17章　大正〜昭和(戦前)までの裏歴史
第18章　現代社会が腐っている理由
エピローグ　(ここからが本題)
最後に

上巻 縄文を創った男たち

～信長、秀吉、そして家康～

発行　2020年　2月10日　　初版第　1刷発行
2022年　10月25日　　第　6刷発行

著　　者　さくや　みなみ

イラスト　み　づ

発行者　　松下　惇
発行所　　株式会社　破常識屋出版
https://www.ha-joshikiya.com
〒252-0804
神奈川県藤沢市湘南台 2-16-5　湘南台ビル2F

ブックデザイン　　米川リョク
印刷　製本　　中央精版印刷株式会社

落丁・乱丁は、お取り換えいたします。（本のページの抜け落ち、順序の違い、印刷による印字の乱れによるもの）本書の内容の一部あるいは全部を無断でコピーや複写、ネット公開などは著作権上の例外を除き禁じられています。代行業者等の第三者による電子データ化および電子書籍化は、いかなる場合も認められておりません。

© Muu2020 Printed in Japan
ISBN 978-4-910000-02-2